邪惡貓大帝 ❷

克勞德

戰鬥吧，別再耍笨了！

邪惡貓大帝 2

克勞德

戰鬥吧，別再耍笨了！

文／強尼·馬希安諾　艾蜜麗·切諾韋斯　圖／羅伯·莫梅茲　譯／謝靜雯

我叫拉吉，我是一個來自布魯克林的普通小孩，剛剛橫越整個美國，搬到了奧勒岡的艾爾巴。當初被迫搬來這裡時，我一開始覺得很討厭，不過我現在還滿喜歡的。我身邊有媽媽、爸爸，還有一隻非常特別的貓──克勞德！

拉吉

克勞德

　　我的真名不叫克勞德，而是高貴的大王陛下威斯苛。我被放逐到宇宙的另一邊，到了這個叫做地球的落後星球，上頭住著沒毛的妖怪。當初被迫來到這裡的時候，我覺得很討厭，現在我更討厭了。

第 1 章

我用**非非非非非常慢的速度**換上衣服。原因是：今天是開學日。對任何小孩來說，這點已經夠可怕了，而我住在一個全新的城鎮，讓狀況更糟糕十倍。

我真希望可以爬回棉被裡，可是克勞德躺在我床上。他很不喜歡分享，我身上有抓痕可以證明。

「你想我會認識什麼人嗎？」我問他，「我是說，除了雪松、史提夫和日蝕營隊那些小孩以外的人。」不幸的是，那些小孩包括蠑螈，她總是想盡辦法扯我後腿；還有蠍子，他老愛找我麻煩。「我只希望六年級會有其他的新同學。」

就算克勞德對這件事有意見，也沒表達出來。他在灑落床鋪的一小方陽光中伸懶腰，還打了個哈欠。

「第一次碰到蠑螈的時候，她可能會想盡辦法在走廊上絆倒我，」我說，「然後蠍子會用腳踩我的臉。」

克勞德甩了甩尾巴，翻過身去。

如果他不說話，那擁有一隻會講話的貓，又有什麼意義呢？我愛他，可是有時候他很讓人氣餒。

　　「你看看我的課表。」我說，舉起昨晚列印的那張紙。它看起來好複雜，看來我得到學校後才能看懂。

　　「我以前從來沒有班級教室，」我說，「也不用自己一個人在超大的學校裡走來走去。我要怎樣找到我的班級呢？而且3.5室──又是什麼意思？」

　　「拉吉！你要遲到了！」媽從樓下喊道。

　　我把以顏色分類標示的幾份檔案連同其他新文具一起塞進背包裡。

	星期一	星期二
第1節	班級教室 218室	班級教室 218室
第2節	數學 557C室	午餐 自助餐廳
第3節	科學 Tbd室	體育 S. 校園
第4節	英文 3.5室	數學 557C室
第5節	社會研究 T室	科學 Tbd室
第6節	體育 S. 校園	英文 3.5室
第7節	午餐 自助餐廳	BX RBX實驗
第8節	BX RBX實驗室	社會研 T室

「要等到倒數第二節才能吃午餐，我一定會餓死，」我說，「而且『RBX』又是什麼課？根本沒有那個字！」

　　克勞德張開嘴巴，彷彿終於要說話了。可是他只是又打了個哈欠。他翻身仰躺，讓陽光落在他那毛茸茸的肚皮上。

　　「你難道沒有**任何話**要說嗎？」我問他。

　　克勞德把身子整個攤開，扭了扭腳趾。

　　「噢，你剛說了話嗎？」他說，「我沒注意聽。」

第 2 章

我的心情糟透了。

我再次征服家鄉星球的計畫停滯不前，全都得歸功於那個鬥雞眼笨蛋澎澎毛。他不只推翻、放逐了我，也關閉了地球和砂盆星之間的所有蟲洞，讓我遲遲無法回去。

還好我對那個背信忘義的傻子的認識程度，絕對超過他自己。澎澎毛可以成功發動政變，但絕對應付不了一整個星球的貓。我一直在追蹤宇宙貓族相關的動亂消息。他隨時都會來電，乞求我回歸。等我第三次統治砂盆星，我絕對不會再讓權力從我爪間溜走！

不過，與此同時，我束手無策，只能坐著呆望星際貓電話，痴痴等待它響起。這種毫無作為的狀態令我困擾不已，使得我昨天僅僅小睡了十一次。而我正想補個眠的現在，這個人類卻喋喋不休滿口蠢話。

雖然我故意不理會他，但這個男孩人類卻對他即將就讀的這所新學校，沒完沒了的碎碎念。面對

挑戰的時候，他一如既往露出無助的樣子，哀求我分享一些我個人的智慧。

我心生同情，打著哈欠探問他學校都教些什麼。

「毒物化學？戰鬥策略？劃割刺抓之術？」

一旦學會了這些基本技能，他會更有用處。

可是，人類告訴我，他要學的完全不是這些必備技能。

「我剛說的，難道你一點都沒聽進去嗎？」

都跟他說我**沒有**了。

我審閱他的課程圖表。「英文課？」我輕蔑的甩著尾巴說，「可是，那已經是你會說的那個語言了耶！竟然還有午餐？你明明知道怎麼吃飯！」

雖然人類吃飯的景象不堪入目。

「報仇入門課程在哪裡？」我質問，「伏擊術呢？」

啊，伏擊術！我深情的回想起，當初是怎麼教會我最優秀的學生——利牙。

那個口蜜腹劍的小人。

男孩依然滔滔不絕的說著，但是謝天謝地，這棟房子的主子——母親人類——再次從樓梯間往上

呼喚。

「拉吉，你朋友雪松和史提夫來了！」她說，「你得出發了！」

「祝我好運。」他說。

我嗤之以鼻。「真正的戰士會創造自己的運氣！」

可是，當他匆匆忙忙趕去這所「中學」的時候，我還真同情他。這些無毛妖怪愚蠢又短視，創建出來的學校，淨教些芝麻綠豆的小事。

就在此時，我靈光乍現——我最新的**精采**構想！

那些人類不教伏擊術，但是我可以啊。要是由我來創設學校呢？我自己的學校。

一個培養⋯⋯**戰士**的學校！

呼嚕。

第 3 章

在走路去學校的路上，我、雪松、史提夫拿出各自的課表。我們對照彼此的課表時，我的胃有種下沉的感覺。

我們幾乎沒有課是一起上的。

「不過，我們數學課在同一班，」雪松對我說，我們在學校前方的國旗那裡流連，等著校門打開，「至少我們的午餐有時候被排在同一個時段。而且你看——我們都有 RBX 實驗室！」

「不管那是什麼。」史提夫說。

鈴鈴鈴鈴鈴鈴鈴！

一聽到鐘聲，我們就快步走了進去。一面大螢幕從大廳天花板垂掛下來，上頭用亮紅色閃過一則訊息：

歡迎回來，戰鬥書蟲！

這所學校的吉祥物真的是戴著拳擊手套的蚯蚓嗎？蟲子根本沒有手臂啊。

當天的第一則好消息是，我順利找到了我的班

級教室。（就在前側大門裡面。）我在慢了一拍的鐘聲響起前坐下。我東張西望，看到了一群我不認識的小孩——可是沒有老師。

突然間，一道宏亮的聲音響起，我差點從椅子上彈起來。

「嗨，大家好！今天是開學第一天，歡迎你們來到艾爾巴中學！」

那個聲音從一對擴音器裡傳出來。

「你們可以叫我艾美喬老師，我是你們的導師。」

艾美喬老師戴著大大的眼鏡，滿頭橘色頭髮，毛衣上有隻閃閃發亮的亮片小馬。她只是電子白板螢幕上的一張臉。

「好了，你們可能覺得老師在螢幕上很奇怪，可是這是教育新潮流的一部分，」艾美喬老師說，

「遠距教學！」

「好酷喔！」坐在我背後的孩子小小聲說，「我們想幹什麼都行！」

艾美喬老師亮藍色的眼睛突然一暗。

「不行，你們**不能**想幹麼就幹麼，17 號同學，」她說，「我也許坐在阿拉巴馬州這邊，可是我可以像禿鷹看到受傷的田鼠那樣，清清楚楚看到你。」

所有的學生頓時鴉雀無聲。

「我這裡有個能分割畫面的螢幕，上頭有每個學生的臉，」艾美喬說，「我的悄聲辨識科技不只可以偵測到二十分貝的悄悄話，也可以查到講話的人是誰！」

艾美喬老師的表情突然又變了，這次從皺眉回到了燦爛的笑容。

「我知道我們今年會是最棒的一班！戰鬥餐蟲，加油！」

「是戰鬥書蟲！」後面有人喊道。

艾美喬老師低頭看看筆記。「對喔，」她說，「對不起，大家！現在，解散，祝你們有個很棒的開學第一天。」

第 4 章

我邊呼嚕著，邊思考如何開設自己的戰鬥學院。

我怎麼沒早點想到這個邪惡的計謀呢？

我可以訓練一批精良的戰鬥部隊，而不是在這塊光禿岩石一樣的悲慘星球上，虛耗被放逐的光陰。然後，等澎澎毛帶我回到砂盆星的時候，我就會有自己的忠貞士兵，遵從我的無情命令──永遠不會背叛我的士兵。

想當然耳，我會懲罰澎澎毛的不忠愚行。可是，我會把我最猛烈的怒火留給利牙將軍，他是第一隻推翻我，將我放逐到宇宙另一端的貓。

澎澎毛頂多只是個煩人的東西──而利牙才是我真正的敵人。

他的欺瞞尤其令人惱怒，因為我一手拉拔他長大，將他從喵喵哀鳴的孤兒小貓，培養成千億個銀河裡最了不起的將軍。

雖說貓原本就不以忠誠聞名，但是我覺得他的背叛也太令人髮指了。

我一面想像、一面呼嚕著，到時候要給他的種種喪盡顏面的懲罰：

剃掉他尾巴上的毛。

剪掉他的鬍鬚。

逼他泡澡。

我從那方陽光中站起來，開始讓我巨大的腦袋專注在當前的要務上：招兵買馬。

我當然不會浪費力氣在這星球的較低等生物上，像是人類。

我要招募的士兵是地球的貓。

第 5 章

　　我去上數學課的時候迷路了，因爲到得太晚，不得不坐在離雪松好遠好遠的後排，而且白板和我的距離遠到讓我無法確定，我需要的是眼鏡還是望遠鏡。

　　走錯兩次路之後，我終於找到上科學課的地方。在走錯三次路之後，好不容易找到上英文課的教室，而我當然遲到了，所以沒辦法坐史提夫隔壁。事實上，我必須站著上課。竟然連椅子都不夠，這是什麼學校啊？

　　上社會課時，我餓到肚子一直咕嚕咕嚕叫，而且因爲學校的飲水機沒一個能用，我整個人都快脫水了。上體育課時，我整個人已經又餓又渴，頭昏眼花，差點在打排球時暈倒。

　　鐘聲一響起，我拔腿衝去吃午餐。這是我絕對不能遲到的一節。因爲不論這天在學校過得怎樣，都沒有比到了擠滿人的自助餐廳，卻找不到位子坐更悲慘的事了。

　　所以，當我抵達自助餐廳，看到大多桌子都還

空著時，我鬆了口氣。可是，接著我看到了⋯⋯**排隊的人龍。**

至少排了七十五個小孩，而我是隊伍裡的最後一個。我看著孩子一個接一個端著餐點走出來，而且立刻填滿自助餐廳裡的另一個座位。那個原本可能屬於我的座位。

等我端著熱騰騰的盤子走進餐廳時，我緊張到感覺不到餓。也許這是好事，因為唯一的素食選項就是一堆軟趴趴的胡蘿蔔棒。

我走回用餐區時，只剩一張桌子有位子，而且是最糟糕的一張。

酷孩子們的桌子。

（吞口水。）

第 6 章

雖然我原本很看不起地球貓，但我漸漸明白，他們並不是表面上看起來，那樣呆頭呆腦、不會說話的笨蛋。

地球貓大腦迷霧裡的某個地方，潛藏著受到妨礙但仍在運作的貓族智慧。這證據在於他們如何哄騙妖怪服侍他們。他們的手段應有盡有：為了獲取最美味的食物而發動絕食抗議；毫不停歇的喵喵叫，直到人類用棍棒般的拇指，打開一扇關起的門。

最神奇的是，他們讓人類替他們搔癢、拍拍和按摩，就為了聽到呼嚕聲作為獎勵——凡是貓族都知道，這聲音傳達的是勝利與沾沾自喜。受到服侍的時候，他們還在嘲笑妖怪們呢！

呼嚕！

運用這些地球貓的伎倆，我訓練好了自己的人類。這陣子以來，我只有偶爾才抓傷他們，因為隨機偶發的暴力行為可以讓他們保持警醒。

（可是絕對不能碰母親人類一根汗毛。在母親

人類附近活動時，務必如履薄冰。）

　　至於是哪隻地球貓有幸成為我第一個招募的對象，我無須遠求，只需要從我碉堡的前窗外頭找起。

　　肥軟虎斑。

　　我漫步越過街道向他打招呼，從車庫門下方的狹窄開口鑽了進去。那隻病態胖的貓正趴在窗台上打盹。他感覺到我的存在──至少他保持了警戒，一時瞪圓了眼睛。他連忙逃走了。

我這位多肉的朋友，你再怎麼抵抗都是徒勞的。

　　我三兩下就逮住肥軟。我用妖怪們稱之為「牽繩」的誘捕裝置，拖著他穿過街道，進入我的地下掩體。他立刻躲進沙發底下，拒絕出來。

　　我的下一個（也更有發展潛力的）目標是那隻橘色女貓，就住在我的碉堡後方。橘色女貓在砂盆星很罕見──因此必須推斷，在這個慘澹的星球上也是如此──不過，她們惡名昭彰到令人激賞。

　　這一隻心甘情願的尾隨我回到碉堡裡。事實上，她似乎已經準備好要聽從我的指令行事了。

　　距離勝利，我只剩一半路途！

　　他們的軟弱心智可以輕易吸收我的訓練技巧，

而再教育的歷程將能輕鬆推進。到了週末，我即將擁有貓族戰鬥部隊的雛形，讓這個悲慘世界**大開眼界**。

第 7 章

　　我深吸了一口氣，在那張桌子最後的空位坐下。可是我只放了半邊屁股在長凳上，免得擠到隔壁的孩子。也許，只是也許，他根本不會注意到我在場。

　　他什麼都沒說，只是嫌惡的瞥我一眼，然後大大咬了一口他的漢堡。

　　不過，坐我對面的那個小孩往前湊來，看了看我的托盤。他有一頭金髮、粉紅色的臉頰，戴著很潮的大眼鏡。

　　「你的午餐呢？」他說。

　　我舉起一根胡蘿蔔棒。

　　「你是兔子嗎？」他說。

　　好像我從沒聽過這種說法一樣。「我吃素。」我說。

　　「我叫麥克斯，」他說，有點狐疑的瞅著我，「我沒看過你。你以前上艾爾巴小學嗎？」

　　「沒有，我暑假才搬過來的，」我說，然後補了一句，「從紐約布魯克林。」

「真的假的？大蘋果？」他問，「那個不夜城？」

我點點頭。「對啊。不過，在那裡沒人真的那樣叫就是了。」

「好酷喔！」他說。

然後那張桌子的每個人表情立刻變得很友善，連那個吃漢堡的小鬼都是。他們異口同聲搶著說話。

「布魯克林！布魯克林大橋就在那邊嗎？」「康尼島也在那邊嗎？」「我一直好想去紐約。」「聽說那裡的老鼠比人多。」「你們那邊有草地嗎？」「時報廣場是什麼樣子？」「你被搶劫過嗎？」「危險嗎？」「到處都有名人嗎？」「你認識什麼名人嗎？」

從來沒人對我這麼有興趣過——更不要說同時有六個人。

麥克斯重複最後一個問題。「對啊，你認識什

麼名人嗎？」

　　我想了一下。「我認識一個有名的作家。」我說。

　　漢堡小子——他的真名是布洛迪——哈哈笑。「才怪。」

　　「佐伊‧亞當斯。」我說，聳聳肩。

　　大家都停下不吃，盯著我看。

　　「她，呃，是寫了《美利堅人》的那個女士。」我說。

　　「我們知道佐伊‧亞當斯是誰。」麥克斯說，連布洛迪都興奮的點著頭。

　　餐桌前的每個人都打開了背包，各自抽出一本《美利堅人》。他們的書加起不僅有整個系列的十本，而且是雙倍的數量。

　　「你怎麼會認識她？」布洛迪懷疑的問。

　　我必須想一下該怎麼回答。「嗯⋯⋯她兒子卡麥隆，是我的哥兒們，」我說，「以前在布魯克林時，我幾乎就住在他們家。」

　　好吧，這不算是百分之百的真話——小隆不是我的死黨，至少再也不是了。可是現在解釋起來太複雜了，反正也不會有人要我證明。小隆住的地方

離這裡可是有三千英里遠。

　　「在《美利堅人》第七集的最後面，有一篇佐伊・亞當斯的訪談，她說她會在書裡用認識的人當角色，」麥克斯說，「你在她的書裡面嗎？」

　　「對啊，」布洛迪說，態度有點威嚇，「你有嗎？」

　　其實有。這點百分之百是真的。

「你們知道有一段情節，美利堅人的搭檔星條仔，救了一個孩子，免得被自動駕駛的邪惡超探原油車壓扁嗎？那個小孩，」我聳聳肩說，「就是我。」

　　布洛迪拉長了臉。「那是在第六集，」他說，伸手越過桌子，從麥克斯手上搶過來。他翻到正確的那頁，指著被救了一命的小孩，正在向星條仔道謝的漫畫格子。「你是說這是你？」

　　我點點頭。

　　「看起來滿像的啊。」同張桌子的一個女生說。

　　「哇！」麥克斯說，雙掌一拍，「布魯克林最酷了！」

　　一下子，整張桌子鬧哄哄的。每個人搶著跟我講話。有個孩子甚至要我在他的漫畫上簽名。

　　仔細想想，中學也許沒那麼糟。

第 8 章

「早安啊，地球貓，」我威嚴十足的說，「歡迎來到威斯苛的戰士學院！你們在這裡會學到古老的戰鬥哲學、武器工程科學、瞞天詐術，以及最棒的是，一套宇宙裡最偉大的武術：**喵柔術。**」

我的學生們對我眨眨眼，臉龐就跟最黑暗的太空裡一樣茫然。

我走近橘色女貓。「從你開始好了。」我說，伸出了爪子。

心靈融合可以讓我迅速理解她的想法。

「把這個當成性向測驗好了。」

我的爪子都還沒碰到她的額頭，我就被食物罐頭、羽毛玩具、柔軟貓床的圖像轟炸了。我連忙退開。她的腦袋簡直就是空洞淺薄的垃圾場！

我將目光移向肥軟虎斑，他正在舔自己的——

「**住手，你這隻低劣的地球貓！**」

我並不想望進他腦袋裡的幽深角落。

看來我得放慢進行的速度才行。因此，我決定從任何貓族長出第二根鬍鬚時，都應該能掌握的課

程開始——一般相對論、電磁學、生物化學。如此一來，我想應該不會有理解上的障礙了吧。

我將宇宙裡一些最基本的方程式畫出來，可是當我轉頭去看學徒們時，卻看到肥軟虎斑睡著了，而橘貓薑薑正歪著頭盯著我看。看來她連基礎微積分都沒看過。她還在吃奶的時候，她母親到底都教了她什麼？

「喵嗚？」

「不准講話！」我說，「注意聽。」

我拿出一大塊厚紙板。人類運用這種材料來製作箱子——他們較為先進的產物之一——不過，我現在用它刮出砂盆星的輝煌字母表。或者該說，至少所有貓還是小貓咪時，就已經倒背如流的一千三百九十二個主要字體。

我弄完的時候，讓薑薑嘗試寫篇短文。她熟練的在厚紙板上劃刮揉捏。她真是個天才。我不曾見過貓用這麼快的速度寫作。棕色碎紙頻頻往天空噴飛。

我們即將能夠溝通了。身為我的新副手，她可以幫忙我招攬其他的地球貓！

她完成的時候，我細讀她刮出來的內容。

　　根本是胡言亂語！

　　「喵嗚？」薑薑說。

　　肥軟虎斑睜開一眼。「喵嗚？」他附和。

　　我在房間裡猛甩尾巴來回踱步著。這些貓咪根本是笨蛋！

　　是時候訂定新的邪惡計畫了。

　　運氣還不錯，我早已有了點模糊的想法。

第 9 章

　　雖然我的肚子還是很餓，但我離開自助餐廳的時候很開心，再熬過最後一節就結束了。

　　我找到了那間神祕的 RBX 實驗室，雪松和史提夫替我保留了位置。我正準備在工作桌前坐下時，就感覺到有人猛拍我的背。

　　「嘿，魯蛇們！」

　　是蠍子，就是日蝕營隊的那個卑鄙小鬼。他一副準備再給我一掌似的──也許這次要打我的頭──不過就在這時，我們老師走了進來。

　　這是我們的老師嗎？她的兩隻手臂上上下下紋滿刺青，耳朵掛了一堆圓環，長長的黑髮尾端染成紅色。

　　「大家都坐下。」她說，直直望著對我吐舌頭的蠍子和蠑螈。

　　然後，發生了一件超扯的事情。我們這桌多了一把椅子，突然間，竟然有兩個孩子搶著要坐。

　　就為了坐我旁邊。

　　「喂，這張椅子可以給我坐嗎？」麥克斯問。

「閃開啦，老兄，」布洛迪說，「我要坐布魯克林旁邊。」

我不知道該說什麼！可是老師開口了。

「這可不是社交活動，書蟲們，」她態度堅定的說，「你們兩個去坐那張空桌子。既然大家都坐定了，我來自我介紹一下，我是娜塔莎老師，這堂課是機器人學入門。」

機器人學？我**愛死**機器人學了！這是史上最棒的上學日！

娜塔莎老師的手插腰，盯著我們全部。「種植苜蓿芽、牙科和網路購物訂單，有什麼共同的地方？」她問。

雪松舉起手。「嗯……都要用到機器人？」

「沒錯！」娜塔莎老師說，「農夫可以用機器

人來收成作物。有機器人近來替一個病人弄了兩顆牙。還有機器人從倉庫貨架上拿網路訂單的商品。」她對我們挑眉。「滿酷的,對吧?」

這不只是酷。機器人學是史上最酷的東西!娜塔莎老師不需要對我推銷它的好處。我從八歲以來,放學後就在研究機器人學。事實上,那就是我認識卡麥隆的地方。我們是機器人伙伴。

在我們反目成仇以前。

麥克斯舉起手。「原本我們自己做的事,以後都會變成機器人來做嗎?」

「有些人擔心,機器人即將接管全世界。」她說。

「那樣會很酷!」蠍子說。

「事實是,機器人——不管是吸塵器或太空船——都只是工具,」娜塔莎老師說,「它們是好或是壞,就看打造它們的人類。」她綻放笑容。「想也知道,我們會把時間花在製作好的機器人上。其實呢,那就是我們這堂課的計畫——製作對我們學校有幫助的機器人。做出最符合目標的機器人,那個團隊就有機會在下個月的蟲蟲蘋果採收節上,展示成果給整個社區看。」

「什麼節？」我對雪松低語，她興奮的幾乎彈上彈下。

「收成節啊！就像超讚的郡立市集，而這只是在我們校內。」雪松說。

史提夫的表情就沒那麼興奮了。他看起來一臉憂心。「機器人真的會接管這個世界嗎？」他問。

雪松拍了拍他壯碩的肩膀。「如果會，也要等我們死掉很久以後才會發生。」她告訴他。

奇怪的是，這番話似乎讓史提夫感覺好多了。

「每張工作桌就是一個團隊，而每個團隊都要用這裡可以找到的零件，做出自己的成品。」娜塔莎老師說。她將實驗室後方的活動隔板拉開，迎面就是一整個儲藏室的機器人零件。

「噢噢噢！」全班驚呼。

「作為一個團隊，你們必須決定選用哪種基本的機器人主體——固定型、滾動型、飛行無人機。然後，再往上添加不限數量的附屬零件，像是帶夾鉗的手臂、照明功能、聲音播放器等等。而你們得決定這個機器人能做什麼好事。它會削鉛筆嗎？它會擦黑板嗎？它會當害羞小孩的同伴嗎？構想和執行都能得到分數的獎勵。運用這間實驗室以外找到

的回收品零件，還可以加分喔。所以呢，開始腦力激盪吧。勇敢作夢，書蟲們！」

雪松咧嘴對我笑著。「這會**超棒的**。」

我們難得所見略同。

第 10 章

仍然滯留地球的這一天，時間已經不早了，我將肥軟虎斑和薑薑送回他們各自的碉堡之後又過了許久，男孩人類回來了，在地下掩體找到我。

「你今天學會怎麼吃東西了嗎？」我問。

他並未聽懂我的弦外之音。他一心只想談談自己是怎麼交到朋友的。

朋友？這個字眼到底是什麼意思？

但他確實帶來了一些引起我興趣的消息。他正在上機器人的課程。不管他會打造出什麼，肯定都是極端原始的東西，可是那確實表示，他上學可能不是完全在浪費時間。

這男孩人類研讀些什麼，對我來說一點也不重要。我並不需要他的技能。我需要的，是完全不同的東西。

我需要的是幼貓。

這個人類繼續喋喋不休，但是我連假裝傾聽都懶得演了。

「到哪裡可以弄到幼貓？」我打了岔，「如果

可以，也許一整窩？」

「小貓嗎？噢，簡單，」男孩人類說，「一直都有小貓等著被領養！」

「啊，對，領養！」我說，「『領養』這種事要怎麼做？」

「我秀給你看。」這個人類打開他所謂的「筆電」，就是個扁盒子，透過手指啄戳的累贅作法，進入網際空間。彷彿光靠腦波，不能做更多似的！

經過沒完沒了的秒數之後，他找到了一個尋找寵物網站。我在螢幕上看到好幾百隻幼貓的照片。

這是什麼樣的世界？難道這些幼貓都被迫跟母親、同胎手足分離，注定只能跟這些糟糕人類一同生活嗎？

另一方面來說，這一大批還沒斷奶的士兵即將落入我的爪中！

「要『領養』這些幼貓的其中一隻，肯定所費不貲吧。」我說。

「其實不會，」男孩妖怪說，「大多數人會免費送出小貓。」

免費？這太令人震驚了！我知道，人類工作是算鐘點費的——可是貓咪的終身服務，竟然被視為

一文不值？

　　「噢，看看這三隻，」男孩人類指著螢幕說，「就住我們這條街耶。」

　　我們看著兩隻愛玩灰色男貓的影片，我的鬍鬚興奮的抽搐。接著——憑空出現——一隻兇狠的三花女貓跳進螢幕，開始認真痛擊他們。

　　「你爲什麼這麼問？克勞德，」男孩人類說，「你覺得寂寞嗎？」

　　他竟敢提出這麼荒謬的暗示，我考慮要抓傷他。「你所謂的『寂寞』，可是被砂盆星的貓稱爲至高無上、最純粹的存在狀態。」我說。

　　我將男孩推到一旁，更仔細的盯著螢幕。就是這個了：我菁英戰鬥部隊的眞正開端。

　　呼嚕嚕嚕。

　　我衝進廚房時，媽媽穿著她的實驗長袍當圍裙，正在拌炒洋蔥。

　　「你一定不會相信，」我告訴她，「學校一點都不糟糕！」

　　「太好了，親愛的，」她邊說邊攪拌鍋子，「我希望你的老師給了你們一堆回家作業。」

我要她放心，說他們給了，接著我細數機器人課和我認識到的孩子們給她聽。當我想說的都說完以後，她告訴我，她也有些消息要分享。

「我們拿到之前申請的獎助金了，實驗室可以多提供一個職位，」她說，「新人再兩週就要上工了！」

關我什麼事啊？

「對了，拉吉，」她說，「你還沒接到老朋友卡麥隆的消息嗎？」

卡麥隆！為什麼他的名字一直出現？而且她說還沒是什麼意思？

我跟媽說，我絕對**沒**接到小隆的消息，然後上樓回自己的房間去，克勞德正在我的懶骨頭沙發上打盹。我在他身邊坐下，然後嘆口氣。

「拜託，請不要跟我說你的心事。」他說。

「只是有件事好怪，」我說，「遠離卡麥隆是我離開布魯克林的好事之一，可是好像走到哪裡都躲不開他一樣。」

「有意思。」克勞德說著便閉上眼睛。

我跟他說起，我和小隆從我們在布魯克林機器人工廠的「兒童機器人」課程認識的那一刻起，就

成了死黨。我們有同樣的愛好：總匯貝果、籃球、桌遊、超級英雄漫畫。尤其是超級英雄漫畫。像是《蝙蝠俠》、《X 戰警》、《美利堅人》，當時《美利堅人》只是個默默無聞的網路漫畫。可是我們不在乎——畢竟是小隆的媽媽畫的！每年我們都會打扮成主角美利堅人和星條仔，跟亞當斯太太一起去參加動漫展。

「克勞德，你還活著嗎？」我說，戳戳他。

「很不幸，是的。」他嘀咕。

第一本《美利堅人》漫畫上市之後，頓時一炮而紅，情勢跟著起了變化。真是太棒了！

唯一的缺點是，卡麥隆變得自大起來。既然美利堅人的搭檔星條仔以小隆為本，卡麥隆會跟著他媽媽參加 Podcast 和文章的訪談，在 YouTube 上到處都能看到他。再也沒人覺得他很遜（雖然他下課期間有時還是披著斗篷），大家都想當他的朋友。不久，他就表現得好像學校的每個人都配不上他。

包括我。

我試著不理會這件事。那時候，動漫展又要來了，我等不及要跟我的死黨以及他的超級巨星媽媽一起去。我花了好幾個星期製作道具服。可是當我

帶到學校給小隆看的時候，他看我的神情彷彿我發瘋了一樣。

「我又沒要帶你去，拉吉，」他說，「我要帶布朗科・瓊斯去。」

這是我所聽過最悲慘的消息了。布朗科・瓊斯自以為是布魯克林最酷的孩子——多少算是，可是半年前，他根本不知道小隆的存在。

「我的意思是，抱歉嘍，」小隆當時說，「因為布朗科是我的哥兒們。」

從**什麼時候**開始的？

雪上加霜的是，小隆到處跟大家說，當他說我不能一起去的時候，我哭了。

我沒告訴他，我知道他在我背後講我壞話。又有什麼意義？他是個壞蛋，我就是不想跟壞蛋作朋友。他媽媽多有名都無所謂。

結果因為小隆，我在新學校成了熱門人物，說起來還滿諷刺的。

說實在的，也不是諷刺——反正感覺就是不對。

「試著不小心炸掉一兩個星球，再來跟我說什麼『感覺不對』。」克勞德冷冷的說。

我盯著他。他講的事情，有些一定是他自己亂編的吧？

　　「總之，」他說，「你那所可悲學校的人類喜歡你，那不就是你想要的嗎？」他反覆縮伸爪子。

　　我明白克勞德說得有道理。我不應該讓小隆毀掉我這麼精采的開學日。我等不及明天的到來了！

第 12 章

　　早上，男孩人類簡直用跳的下床。（真是反常，他通常一副無法面對宇宙的模樣。）他快速吃完早餐──把他一半的煎蛋跟一塊奶油分給我，依照我訓練的──然後匆匆出門上學去了。

　　成年妖怪們雖然興致沒那麼高，但也為了各自的日間活動而出門了。他們一離開，我便溜出前門，趕往列在貓咪認養網站上的地址。

　　我在主碉堡後方的小附屬建物找到了幼貓們，他們正在一堆器材下方打盹，我想那些器材是專為各種破壞行為所設計的。

　　母親貓從陰影裡悄悄走出來，對我哈氣。

　　「你好，女士，」我說，「我叫威斯苛，今天早晨登門來訪，是為了招募星際戰士。」

　　她偏著腦袋，眨了眨眼。

　　「可以見見你的小孩嗎？」

　　她打了哈欠，躺下來並閉上眼睛。

　　我解讀這意思是「好」。

　　「醒醒啊，貓仔們！」我說，走到他們小憩的

地方。「迎向命運的時刻到了！」

兩個灰色男孩睡眼惺忪看著我。不過，三花女孩竟然撲向我的臉！還好我憑著快如閃電的直覺反應，閃過了她的突擊。

我立刻對她心生好感。

我轉向他們母親。「你的孩子們展現了極大的潛能。我能不能將他們收在我的爪下？希望他們成為我新成立的訓練學院的第一屆學員。」

她連頭都懶得抬。其中一個小子去喝奶，她竟然一掌將他揮開，顯然她已經準備好要讓他們斷奶了。

我伸出一掌，摸了摸三花女貓的腦袋。這種基本的心靈融合將我所需要知道的告訴我：這些幼貓的心靈尚未因為人類而腐化。

這些小生物依然有**教化**的可能。

兩個男孩現在跟姐妹玩了起來，後者一揮擊，便打中他們兩個。不久，三隻貓便激烈的扭打起來。他們擁有的戰鬥精神，勝過我在這星球上看到的任何生物。

　　「年輕的軍校生們！」我喊道，「跟我來！」

　　他們似乎聽懂了我的語言——另一個第一次——很高興的聽話照做。

　　唔，**一開始**是這樣沒錯。但是跟著我走進後院之後，其中一個小子便追著蝴蝶快步跑開，另一

隻則蹦蹦跳跳爬上某棵樹，爬到一半便掛在那裡，可憐兮兮的喵喵叫。另一方面，那隻三花開始悄悄跟蹤一隻松鼠。

我揪住她的後頸，以征服獵物的姿勢咬住她。

有如所有的幼貓，她立刻屈服，進入平靜安詳的狀態。我再次起步走向碉堡，她的兄弟們乖順的尾隨在後。

我用牙齒扣著她的時候，想起我最後一次將一隻幼貓啣在嘴裡的情景，噢，是好多年前的事了。

利牙。

我**絕對不會**重蹈在他身上犯下的錯。我會培養出——永遠不會——永遠**無法**——與我為敵的士兵。

第 13 章

到目前為止，上學第二天的情況甚至比第一天更棒。

點完名之後剩下的班會空檔，艾美喬老師秀出她養的迷你馬的照片給我們看。「軟糖熊是不是你們看過最可愛的小胖胖？」

可以算是。

午餐時，那些酷孩子邀我跟他們坐同桌，其中一個甚至起身讓位給我。我彷彿進入了某種另類次元。

他們一直問我住紐約的事，我開始誇大渲染某些事情。有這樣熱情的聽眾很難不這樣——他們一直懇求要聽更多！所以，我跟他們說了我們家被闖空門的事情（其實是負責替我們樓下鄰居遛狗的人，誤闖我們家公寓。）我跟他們說起在 F 列車上恰好坐在市長旁邊。（好吧，可能只是個長得和他很像的傢伙，可是真的、**真的**長得超像！）

原本應該是當天最糟的時刻，最後也安然度過了：在走廊上，我不小心撞上了一個八年級女生。

很用力。她比我高一英尺，比我酷大約十倍，我害她把整瓶水都灑在洋裝上了。

「你就是那個新同學嗎？」她問。

我害怕的點點頭。「對不起。」

「你真的在《美利堅人：出租殺手車》裡嗎？」

「呃，對。」我說。

接著她對我嫣然一笑！「酷，之後見。」

我臉上掛著世界最大的笑容，走進機器人課。

「我希望你們都帶著滿腦子的好構想來到課堂上，」娜塔莎老師說，「跟你的團隊討論完之後，開始到實驗室後方挑選零件。之後，我們會重新集合，討論你們的計畫。」

蠑螈和蠍子立刻往那堆零件裡猛挖。蠑螈動作飛快，搶走了全新的無人機，得意洋洋舉在頭頂上。

史提夫的臉色一沉。「我原本想要那個無人機的。」他說。

「我們應該先想清楚，我們要做什麼。」雪松提醒他。

我們在討論的時候，蠍子從蠑螈那裡一把搶走控制器，直接將無人機開去撞牆。

「我們可以做什麼來幫忙學校？」雪松問。

史提夫皺起臉，彷彿很賣力思考。看起來好痛苦。

　　「能製作椅子的機器人如何？」我提議，只是半開玩笑。（整堂英文課都站著上，真的很累。）可是，接著我冒出一個**超棒的**點子。

　　「我知道了！」我說，「既然這所學校的飲水機沒一個可用，要不要來做個可以給水的機器人？」

　　雪松和史提夫看我的樣子，彷彿我很傻一樣。等我快筆勾勒出自己構想的草圖以後，雪松點點頭並說，「我喜歡。」

　　「可是它會企圖占領我們的世界嗎？」史提夫問，「就像《美利堅人》漫畫裡那輛自動駕駛的車子？」

　　「**不會啦**。」我和雪松同聲說。

　　娜塔莎老師要大家聊聊自己的機器人時，我起身解釋我們團隊的計畫。我們的機器人會在學校走廊上四處遊走，透過附加的水龍頭供應飲水。「這樣會減少塑膠瓶造成的垃圾，」我說，「而且可以提升大家的水分攝取。」

　　「很好，拉吉！很棒的構想。」娜塔莎老師說。

接著轉向蠍子。「你們團隊呢？」

蠍子咧嘴一笑。「你知道校長很討厭小孩把褲子穿得太低嗎？唔，我們的無人機會到處巡邏，監督小孩把褲子往上拉。這個機器人就叫屁股器。」

全班哈哈笑了起來。只有娜塔莎老師沒笑。

「我建議你們重新思考自己的目標，以及你們機器人的名稱，」她說，「因為如果有無人機對準我的腰帶而來，我肯定一掌把它從空中劈下來。」

第 14 章

威斯苛戰士學院進入第二天，因為有新招募的成員加入而明顯順利許多。

初步體驗過教導地球貓的狀況之後，我決定捨棄科學和高階數學。小貓們已經錯過太多基礎學習而無法跟上。況且，他們即將成為戰士，而不是哲學家。他們唯一需要學習的幾何學，是撲襲時計算拋物線必須具備的知識！

給他們一些公開的打鬥時間之後，我將成員們聚集起來，要給他們一場啓迪貓心的演說。我大量引用經典古籍《戰役是貓可以盡情沉溺的偉大競技》的內容，我六個星期大的時候已經把整部古籍背的滾瓜爛熟。

「軍校生們！」我喊道，「打從開天闢地以來，原始的貓首次用爪子在樹上留下記號，讓夜晚充滿他們的號叫聲以來，我們就明白一個非常基本的真理：每隻貓都是自己的主人。但是！」我清清喉嚨，幼貓們眨眨眼。「**有些**貓比其他的貓更有主人派頭。」

男孩們似乎掙扎著要理解；另一方面，三花貓卻點頭表示贊同。我繼續我激勵貓心的演說，直到太陽高掛天空，然後以最初的「戰爭好戰頭子」**喵嗚米提茲**不朽的話語作為收尾：**沒有比征服敵人更高尚的消遣。**

幼貓們熱烈迴響！接著我們進行戰鬥球演習。

點心時間，我給幼貓們那些人類堅持留給我吃的、淡而無味的棕色顆粒。他們狼吞虎嚥，吃個精光。

聚精會神快快小睡一場過後，我示範了九個喵柔術的基礎姿勢，並以拳鬥作為當天的收尾。灰色雙胞胎戰到平手，動作拖泥帶水。

「不，不！攻擊的時候，一定要**伸出**爪子！」我低嘶。

三花就不需要這樣的提點。她迅速解決掉每個兄弟，最後一次較量的時候，我讓她一打二。原本勢均力敵，直到其中一隻灰貓朝三花腦袋出了一記，害她在地板滑了一跤。她趴伏在角落裡，可憐兮兮的喵喵叫。她受傷了嗎？我高估了她的格鬥技巧嗎？

防禦伏低

飛天剃刀猛劃

超級三重螺旋

錘擊爪功

盤繞彈簧

五刀狂揮

月掌暴擊

十八月重踏

毛躁怒火

男孩們去檢查姐妹的狀態。他們一靠近，女孩便彈起身子，往前一撲，動作快如閃電，他們根本沒時間反應。她落在他們背上，爪劃口咬，歡喜的號叫。

以砂盆星的 87 個月亮起誓，這隻三花真是個凶猛的戰士！事實上，她的凶猛程度，讓我想起曾經遇過的最偉大戰士。

我自己。

第 15 章

　　早餐的時候，克勞德過來討他的蛋和奶油，然後又立刻消失不見。已經連續這樣一兩個星期了。他的舉止比以前更怪異，有時候我會聽到樓下傳來瘋狂的聲響。我是說，比往常更瘋狂。

　　我納悶他的狀況是否還好。這陣子以來，貓砂盆裡有不少便便──他平時不是都到馬桶去解決嗎？

　　我今天下午再來找他談談，這表示放學以後不能為了在 RBX 實驗室做機器人，而留校太晚。反正史提夫一直在求我和雪松，說想喘口氣休息一下。

　　在教室裡，艾美喬老師讓我們看她最近的迷你馬秀影片。

　　「這是我牽著軟糖熊越過跳躍跑道！你們能相信這隻小可愛可以跳多高嗎？」

　　事實上，根本沒有很高。更令人印象深刻的是，艾美喬老師穿著閃閃發亮的丹寧連身褲，在迷你馬身邊快步跑著。身上有那堆亮片，她怎麼跑得

動啊？

那天剩下的時間，我勉強撐過每堂課，直到去上機器人課為止。我從來不曾這麼期待過一堂課。

娜塔莎老師庫存的零件真不可思議——遠遠勝過我們以前在布魯克林機器人工廠的那些。而且一切都是拼組起來就能操作，幾乎就像樂高一樣。

我們選了滾動底盤作為機器人的主體。雪松有個天才的構想，就是把消毒過的回收水瓶貼在外殼上，這樣孩子們就能拉下瓶子，重複使用。

我們也拿到一架錄音機，這樣機器人就能講話，按鈕也可以發出聲音。

這是史提夫貢獻的。我們把他爸媽的舊氣泡水機的二氧化碳鋼瓶裝上去，這樣小孩們也能喝到氣泡水。他們可以按下按鈕，選擇要灌多少氣進去，氣泡要多強。按鈕的標示有：

一般

氣泡

多氣泡

超多氣泡

不過，它們大可以標示為

沒屁、有屁、超多屁、超級多屁，因

為只要釋出氣體，就會發出屁聲。史提夫每按一次

按鈕，就會哈哈大笑一次。

每一次。

水機器人看起來好**好酷！**

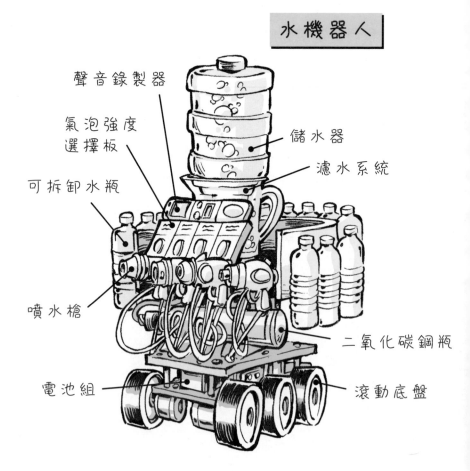

水機器人

聲音錄製器

氣泡強度
選擇板

可拆卸水瓶

噴水槍

電池組

儲水器

濾水系統

二氧化碳鋼瓶

滾動底盤

我們需要的最後一樣東西，就是水槍，和軟管相連的舊噴水槍。這是**我的**構想。

另一方面，蠍子和蠑螈的無人機看起來就像一堆廢鐵。它有一隻機器手臂，以及看起來滿嚇人的鉗子，照理說應該可以打開和合起，可是它卻永遠都卡在半開的狀態。

「喂，布魯克林。」蠍子朝我喊道。

我很驚訝，他竟然用我的酷炫新名字來叫我，而且還用他不會想幹掉我的那種語氣講話。

「你能不能……呃……唔……」蠍子支支吾吾。

「他希望你幫我們弄鉗子。」蠑螈說。

我花了十秒鐘左右找出問題，再花五分鐘就處理完畢。現在那個機器人的鉗手可以開開關關，一面發出喀答喀答的聲音。

「哇，」蠑螈說，「也許你不是個魯蛇。」

「嗯，」蠍子補了句，「也許不是。」

「他們竟然對你滿客氣的耶？」我回到我們那桌時，雪松說。

「機器人已經控制了他們，」史提夫說，「這是唯一的解釋。」

第 16 章

　　今天是無比重要的日子。培訓幼貓突擊部隊的威斯苛戰士學院進入第十三個旭日東升，諸事順遂。男孩們已經完成喵柔術的基礎課程，準備進階到星星掌層級。不過，那隻三花已經有資格進入更高一階的新星掌檢定。

　　這點令我驚奇。連利牙也沒有這麼快就晉升到新星掌階段。

　　舉行典禮的時候，我們有觀眾觀禮，因為薑薑和肥軟虎斑近來常到地下掩體走訪：薑薑會來，因為她喜歡拳鬥，而肥軟會來，是因為他沒有更好的事情可做。

　　儀式性的蹭蹭臉頰、揮劃爪子以後，我針對這三隻身為我菁英部隊的主力貓咪，所擁有的燦爛未來，發表了幾句談話。

　　然後就到了用餐時間。不過，只有我自己。幼貓們得等人類睡著以後，即使如此，他們也只能仰賴棕色顆粒為生。士兵一定要習慣刻苦的軍糧配給。

到了樓上，我像平常那樣假裝乞討食物。我盡可能裝成煩人的地球貓，喵喵哭嗷嗷叫，直到他們服侍我為止。

「夠了，克勞德，」母親人類說，在我面前放了個碗，「我的耳膜都快出血了！」

啊，如果是真的就好了！

今晚的食物確實很好吃，牛奶、奶油加上某種粉紅色東西，混合而成的溫暖液體。

「你喜歡那個番茄濃湯，是吧，小子？」父親人類說，「而且你也開始吃那些貓餅乾了！你最好小心，半夜大吃特吃，會變胖子喔！」

「五十步笑百步。」母親人類說。

父親人類拍了拍肚子，彷彿頗為自豪，就在這時我聽到了：高亢的喵喵叫！那個聲音不是來自地下掩體──而是近得多的地方。

年輕的戰士們正爬上樓梯！

「我是不是聽到……」男孩人類開口。

「沒什麼！」我說。我急著打斷他，忘了假裝自己不會講他們愚蠢的語言。

整個房間陷入靜默。

我和拉吉面面相覷。男孩人類的臉上充滿恐懼。

「克勞德剛剛是不是……」父親妖怪說，「講話了？」

「別胡扯了，」母親妖怪說，「他腦袋的功能，頂多只比你帶回家的那株巨型蕨類稍微高一點點而已。」

「可是我敢發誓，他剛剛說……」禿頭妖怪思索片刻，他小小腦袋試著消化他剛剛聽到的東西。最後他放棄了。

「**喵嗚？**」我說。

「看吧？」母親人類說，「他就像是附了聲帶的室內盆栽。」

我的偽裝順利騙過大家，我衝到碉堡階梯那裡。幼貓們幾乎爬到了頂階，一路嗅著鼻子，朝食物而來！帶頭的當然是那隻三花。

我迅速以征服獵物的姿勢將她一把啣起，帶回地下掩體。謝天謝地，心思單純的男孩們也跟了過來。我鬆開嘴，將她吐進他們睡覺用的厚紙箱之後，也把男孩們一併扔進去。

「士兵一定要有耐心！」我痛斥他們，「你們一定要能夠控制像飢餓這種低下的慾望！」

三花咬了我一口。

她是真正的戰士。

接著：

「克勞德？」

是男孩人類的聲音。他正走下樓梯！

「下面還有別的貓嗎？」男孩妖怪說，「我聽到一般的喵喵叫。」

「**沒有！**絕對沒有！」我說，「我只是在練習那個……那個……地球貓的野蠻語言。」

容易受騙的妖怪原本會相信我。要不是三花從睡覺箱裡衝出來，攻擊男孩人類雙腳覆蓋物的綁帶，他會相信我的。

「這是……」他說，「什麼？」

一聽到這個，兩個男孩跳了出來。

被發現了！

現在會發生什麼事？我很清楚這男孩妖怪的行善本能——他荒唐的「道德觀」——他肯定會堅持將他們退還。

我該怎麼辦？三隻都被他逮個正著。我深怕他會對我辛苦招募過來的寶貴成員不利。

「這世界上的其他事情我都不在乎，克勞德，」他說，瞪大雙眼，充滿驚奇，「可是我們一定要**留住**這些小貓咪！」

呼嚕嚕嚕。

第 17 章

就在我以為人生不可能更美妙的時候，身邊竟然出現了**小貓咪！**

而且一口氣有**三隻**！

我真不敢相信他們有多可愛。我整個週末都在地下室跟他們一起玩。

「停止你那可惡的深情！」克勞德說，「你這樣一『寵』，會把他們變成軟弱的地球貓！」

或許對那兩隻灰貓是寵吧，可是那隻三花看起來就像厲鬼，我有點怕她。我的小腿和手臂看起來已經像是磨爪柱了。

我還是不大明白，克勞德是怎麼領養他們的。而且他為什麼想要三隻？

「呃，嗚，唔……，」他說，「都是因為你講的那個寂寞東西。對！我覺得**寂寞**。」

我很確定克勞德在說謊。

可是我不在乎，因為——是**小貓咪**耶！

加上，我自己近來也不是百分百的誠實。

學校裡的孩子一直想知道更多我跟《美利堅人》漫畫之間的淵源，這件事我多少也有點誇大其詞。像是我以前會看著亞當斯太太畫圖——這是真的，以及我會針對情節提出建議——這也是真的，還有，她會接受我的提議——這就不是真的了。她總是說她會用我的點子，可是從來都沒有。

　　我也多少有點暗示，我和小隆每天互傳訊息。而且我可能會出現在下一集《美利堅人》漫畫裡。

　　我不是故意要說謊的。事情就這麼發生了。

　　就像我恰好沒對爸媽提起小貓的事情。

　　不過，我沒對大家完全誠實，這點讓我很心虛。覺得自己總有一天會被抓包。

　　所以，星期一當布洛迪說學校有個紐約來的新同學時，我頓時感到恐慌。

　　「嘿，拉吉，搞不好你認識他！」麥克斯說。

　　接著我意識到，擔心是很荒唐的事。我噗哧笑了出來。「紐約的人口有九百萬耶，我哪有可能認識啊！」

　　我才在我的工作桌邊坐下，雪松和史提夫就在旁邊。娜塔莎老師一上課就有事情要宣布。

　　「大家，」她說，「我想向你們介紹我們的新

同學。」

我轉過身去時，差點從椅子上摔下來。

因為我**的確**認識他。

而且是地球上我**最不想**見到的人。

第 18 章

　　我在男孩妖怪這邊順利避開了災難，真是千鈞一髮。感謝 87 個月亮，他很怕母親人類，卻願意配合我欺瞞下去。也許他這個人還有點希望。

　　不過，我焦慮不安的醒來。我的鬍鬚顫動不止，在時空裡感應到某種擾動。我昨天第一次感覺到，但現在更強烈了。

　　我試著不理會它，帶男孩們到後院，開始帶他們認識中級喵柔術。他們在草地裡打盹的時候，我教三花更多進階的動作。肥軟虎斑很適合當成練習擒抱的對象，我在他的身上示範飛天剃刀猛劃，這時我的鬍鬚開始顫動起來。

　　事有蹊蹺。

　　接著我聽到響亮的嗡嗡聲。

　　是星際通訊器！

　　我撲向它，看看是誰打電話來。

是那個悲慘的雙面嘍囉。

　　是澎澎毛！終於！

　　我得意洋洋的接聽了來電。「你終於打來了，

你這個可悲的劣等貓族。」

「噢，嘿，前任大王陛下，」澎澎毛說，「我，呃，真的很高興能跟您聯絡上。您在那邊肯定非常忙碌，像是，要避開食肉妖怪等等的。」

「閒扯夠了！」我說，「我知道你爲什麼聯絡我。」

「是嗎？」他說。

「是的，」我宣告，「你終於接受了自己的愚昧，判定你需要我這已知宇宙裡最偉大的帝王，來取代你，成爲至高領導！」

「呃呃呃⋯⋯其實呢，我當至高領導還算得心應手，」他說，「我是說，不靠那些暴力抗爭等等的，我還過得去，而且還滿難——」

「**安靜！**」我喊道，「如果你聯絡我，不是爲了帶我回去，你這個無知的蠢蛋，爲什麼還來煩我？」

「唔，問題在於，呃，長老議會。您也知道他們是怎麼樣。」澎澎毛搖搖頭。「而且，唔，他們放逐了另一隻貓到地球去了。」

「**什麼？**」我說，「不可能！除了我之外，沒有人邪惡到該受到這種終極懲罰！」

「欸，我告訴他們，『長老們，這樣是不對的』，不過是那位囚犯主動要求的。」澎澎毛再次搖搖頭。「我告訴那隻貓，『地球**真的不是**你會想去的地方⋯⋯』」

「是囚犯要求的？什麼囚犯？快說！」

與此同時，三花正要引起我的注意，指著我背後，但我一把將她揮開。

「立刻告訴我！」我質問，「**是誰？**」

「是我，老朋友。」我背後傳來一個聲音。

我忙不迭的轉身。

是我在地球上**最不想**見到的貓！

第 19 章

是卡麥隆・亞當斯！不不不不不不！

第 20 章

是利牙將軍！可惡惡惡惡惡！

第 21 章

卡麥隆・亞當斯。

我真不敢相信！他為什麼在這裡？我前任的好朋友怎麼會淪落到奧勒岡，跟我上同一所小鎮學校？

這一定是史上**最大**的巧合——也是最糟的一個。

「卡麥隆上星期才搬來這裡，」娜塔莎老師告訴全班，「他最大的嗜好就是打造機器人！」

我覺得反胃。現在所有的小孩都會知道，我幫忙《美利堅人》漫畫的事，都是我誇大的說法！小隆會跟大家說，他媽媽從來沒接受過我的建議，說我們再也不是死黨，再也不會有人認為我很酷。接著，小隆會背著我，編造關於我的謊言，我在艾爾巴中學的生活就**整個**完蛋了。

「大家，給他看看我們目前的進展吧，」娜塔莎老師指指我們這桌，「從你們這組開始好嗎？」

我、雪松和史提夫帶著滾動的水機器人走到教室前方時，小隆向我點頭打招呼，就像我們以前每

天見到對方那樣。他好像一點都不驚訝。

　　「所以，呃，這邊的水機器人是，呃……」我的腦袋現在根本無法運轉，我嚇得魂飛魄散。「唔，它的功能是，那個，嗯，如果你口渴的話，唔——」

　　「水機器人是最先進的水分供給系統，」雪松出面救援，「靠著鋰離子電池、一系列處理器，還有人類的善意來運作！」她笑容燦爛，從我手中抓走控制器，引導我們的機器人走到史提夫那裡。

「你……**渴了嗎？**」水機器人說，燈光閃動，往前走走停停。史提夫按下氣泡鍵，水機器人伸出其中一隻水槍手臂。一道細細的水流了出來，濺入史提夫舉在下方的回收塑膠水瓶裡。

史提夫很氣餒，繼續按按鈕——多氣泡、超多氣泡——可是都沒發出屁聲。連接二氧化碳鋼瓶的軟管可能又鬆掉了。

儘管如此，娜塔莎老師還是點點頭，為我們打氣。「看來你們還需要微調一下，不過這是很棒的起步。你們做得很好。」接著她轉向蠍子。「你們的機器人進展如何？」她問。

蠑螈和蠍子揭開一團塑膠零件，它們醜陋的交纏在一起，並說，「來見見『機屁股』！」

娜塔莎老師的耳朵漸漸變成紅色。「這件事我們不是已經討論過了嗎？」她問。

「可是這個完全**不一樣！**」蠍子堅持，「這不是『屁股器』，而是『機屁股』，而且『機屁股』的工作是幫忙小孩坐在自己的屁股上！看看這個！」

蠍子操作控制器，那架無人機升到幾英尺高的空中。嗡嗡往前飛的時候，長長的鉗子手臂沿途拖

在地上。接著手臂吃力的往上抬起，拉開椅子讓蠑
螈坐。

　　至少，那是表面上看來的樣子。不過，蠑螈偷
偷用腳鉤住椅腳，我看得出來，讓這件事順利運轉
的其實是她。

　　「看吧？成功了！」蠍子說。

　　蠑螈和蠍子都露出得意的笑容。

　　但娜塔莎老師不為所動。

　　「卡麥隆，」她說，「這個團隊亟需你的協助。
你能不能加入他們的行列？」

　　「當然。」小隆說，聳聳肩。

　　娜塔莎老師要我們開始工作，然後我害怕的事
情發生了。

　　小隆直接朝我走來。

　　「拉吉，」他說，雙手搭在臀上，「我之前還
在納悶，什麼時候才會碰到你。」

第 22 章

「我看到你的尾毛整個炸開了，」利牙說，「你看到老朋友，不高興嗎？」

我低嘶，對著草地吐了口水。「你不是我朋友！你是噁心的背叛者。」

他狡猾的抽動尾巴。「啊，威斯苛，總是急於侮辱人。你難道還沒學會，爪子出得快，勝過逞口舌之快嗎？」

我對著他的無禮發出低吼。我會給他快爪一記！

「所以，呃，我現在要掛掉電話了，」澎澎毛的聲音從通訊器傳來，「你們一定有不少事情要聊，交換近況……」

「澎澎毛，你這傢伙！」我說，抓起電話，「你怎麼可以讓這種事發生！我要拔掉你所有的鬍鬚！我要用你的尾巴來擦我的──」

「喀咻－喀咻！噢，嘿，您剛說什麼？雜訊突然變得好多！喀咻－喀咻！」澎澎毛在螢幕面前揮著掌子，「你的聲音斷斷續續，喀咻－喀咻！距離

十萬光年，對訊號來說負擔眞的很大了……喀咻－喀咻！」

我想再對他大吼，可是他已經掛斷。

「噢，可憐的威斯苛，」利牙說，「你應該知道，你不是唯一邪惡到榮獲終極懲罰的貓。」

我的血液開始沸騰，就像我從前用來烹煮敵人的鍋中沸水一樣。「放逐是**屬於我的**懲罰！」我怒道，「你非得模仿我做的**所有事情**嗎？」

利牙無視於我的質問，進一步搧起我的怒火。「這個星球確實是個悲慘的地方，」他說，一面環顧這片有圍牆的訓練場，「我可以明白我們的祖先爲什麼要選這裡了。人類眞的爲了自娛，強迫你跟絨毛動物玩耍，而且用小鏟子偷走你的排泄物嗎？」

「你必須立刻回砂盆星去！」

「很遺憾的是，我沒辦法，」利牙說，「是這樣的，那個蟲洞打開的時間只久到把我放到這裡來。所以我們要不要既往不咎、盡釋前嫌呢？」他對我齜牙咧嘴，表現出友善的姿態。

眞是醜惡。

「讓我們回到雙方起紛爭之前，攜手合作

吧，」利牙朝我湊來，低嘶著說，「我們可以起而反抗，征服我們的壓迫者。一旦同心協力，我們的好戰惡行就會……**持久不輟，所向披靡！**」

我的喉嚨升起呼嚕聲。

利牙爬回了我身邊——我一向知道他會這樣！他終於明白，沒有我，他什麼也不是。（當然，他會因為當初的僭越受到懲罰，但那件事我以後再處理。）

「你終於恢復理智了，利牙，」我說，「能夠推翻那個老愛傻笑的笨蛋澎澎毛，會是多麼開心的事。」

利牙點點頭。「一定要擊敗他。」

「一定要剪掉他的鬍鬚！」我說。

「一定要剃光他的尾巴！」利牙喊道。

「然後將他的毛拋入風中！」我們同聲吶喊。

有如**往昔**的時光。

我們齊聲呼嚕。我們有志一同。

第 23 章

「噢噢……嘿，小隆！」我結結巴巴，「你來奧勒岡做……做什麼？」

「我爸在這邊找到了一份工作，」他說，「你不知道嗎？」

小隆就是這樣，總是以為大家都知道他生活的每個細節。

「所以你**真的**認識新同學！我想得沒錯，」麥克斯邊說邊朝我們走來，「他是誰？」

「對啊，他是誰，布魯克林？」布洛迪說。

「布魯克林？」小隆覆述，「他們叫你**布魯克林？**」

「呃，他是……我跟你們講過的那個朋友，」我對麥克斯和布洛迪說。說這些話很痛苦。「《美利堅人》的作者……就是他媽媽。」

「哇！你就是那個人？」麥克斯對小隆說。

「老兄，這也**太酷了**！」布洛迪說。

「同學們！」娜塔莎老師說，「我跟你們說過，這堂課並不是社交活動。」

感謝娜塔莎老師。

可是即使大家都回自己的工作桌去了，我卻再也無法把心神集中在水機器人上。卡麥隆·亞當斯就在我的教室裡。我知道他即將毀了一切。我可以聽到蠍子和蠑螈對他很和氣，小隆講起他媽媽有多了不起，引用關於《美利堅人》漫畫的種種事情。然後最糟的是──洛迪說，「拉吉根本不知道卡麥隆要搬來這邊，算什麼哥兒們啊。」

我回頭望去，麥克斯正在點頭。

我真想爬到桌子底下，死了算了。

鐘聲一響，我就悄悄離開了教室，一路跑著回

家，整個下午都坐在房間裡看漫畫。

看什麼都好，就是不要看《美利堅人》。

媽下班回來後，把我叫進廚房，問我今天過得怎樣。我跟她說這是有史以來最瘋狂的一天。

「為什麼呢，親愛的？」媽問，面帶笑容，那種笑容就是專門保留給她早已知道答案的問題。可是她絕對不可能知道這一個！

我拋出震撼彈。「**卡麥隆・亞當斯**搬到艾爾巴了！」我說，「還跟我同班！你們**相信**嗎？」

爸媽面面相覷，然後開始咧嘴笑。

「我們早就知道了！」她說，「我想給你一個驚喜。」

「什麼？**等等**……你們怎麼會知道？」

「因為我聘請他爸爸到我實驗室工作啊！」媽得意的說。

你有沒有想過，自己有一天真的會有天旋地轉的感覺？

我幾乎講不出話來。

「所以小隆會來這裡，都是你的錯？」我說。

「錯？你說『錯』是什麼意思？從我們搬過來以後，你開口閉口就說有多想念布魯克林的老朋友，卡麥隆是你最好的朋友啊。」

她難道什麼都不懂嗎？

我回到房間時，聽到她說，「他怎麼了？」

第 24 章

　　幼貓們靜靜的觀察著我和利牙，最後三花聽膩我們的對話，悄悄溜走，好像要去小睡。接著她轉身，靠著後腿在她兄弟們背後站起身，然後將他倆的腦袋狠狠互撞。

　　灰色男孩們猛然轉身，發動反擊，他們的怒氣難得與他們殘酷成性的姐妹不相上下。

　　「不錯嘛，」利牙說，「我必須讚揚你訓練出這麼優秀的年輕戰士。雖然我七個小睡時間以前才降落在這裡，但它給了我充足的時間觀察這星球上貓族的可悲狀態。」

　　肥軟虎斑原本一直躲在樹叢底下，現在走出來仰躺在地，朝著太陽露出肥肥的肚子。

　　「真嚇人。」利牙說。接著轉向我，眼神閃過惡意。「能夠帶領你和你年輕的士兵，發動政變推翻澎澎毛，確實會令人心滿意足！」

　　「**什麼？**」我號叫。

　　「我說那樣會令──」

　　「我聽到你說的了，你這背信忘義的髒東

西！」我吼道，「你別想帶領**我**做任何事情！我才是至高領袖！」

利牙咯咯笑。「噢，威斯苛——依然過度高估自己，」他說，「你的肚皮幾乎跟那個在日光浴的傢伙一樣圓了。」

「我的肚子跟以前一樣緊繃結實！」我怒斥，「即使真的比較圓，也只是因為母親人類是出色的主廚！」

「哈！你的牙齒變黃，眼神呆滯。你已經不具備當領袖的派頭了，威斯苛。」他意有所指盯著我的腰圍。「可是當成砲灰倒還滿合適的。」

「你這個肌肉發達的流浪小乞丐，」我大喊，「你這個啃爪子的弱智！」

我伏低身子，準備應付撲上來的利牙，可是將軍只是舉起一掌舔了舔。

「親愛的老威斯苛，」他說，「你怎麼可以這樣說你親自帶大的貓呢？」他轉向我的軍校生。「你們知道嗎？你們的『主人』從前也訓練過我。不久，你們就會學到我當年學到的功課：威斯苛並不是宇宙中最邪惡的大帝。**我**才是。」

這簡直欺人太甚！我撲上前去，但叛徒祭出了

超級三重螺旋——扭身往後彈跳——靈巧的落在籬笆上。

「跟你們聊天很愉快，」利牙說，「但我先走一步了。後會有期！」

我往籬笆跳去——我不得不說，實際上比看起來的還高——但利牙已經不見蹤影。

「太好了！儘管逃吧，你這儒夫！」我喊道，轉身面對幼貓突擊部隊。「看吧？碰上更優等的對象時，害蟲就是會逃之夭夭！」

不過，我在他們的臉上可以看出，懷疑的種子已經播下。

第 25 章

晚餐過後，我去找克勞德，他是我唯一可以聊聊心事的人——我是說，貓——呃，**存在體**。他不是很擅長同情別人，可是他老愛把敵人掛在嘴邊，所以我敵人的到來，也許能夠挑起他的興趣。

他在地下室，趴在災區之中。遍地都是撕碎的厚紙板——原本可能是個紙箱？——還有我爸剛買的蕨類植物被嚼過的殘株。

克勞德一臉不開心。我倆同病相憐。

「你不會相信今天在學校發生了什麼事。」我說，往下陷進我爸的沙發。

克勞德一語不發，只是繼續趴著。

我跟他說起我以前的死黨搬到鎮上來，這件事將會毀掉我的生活。學校的每個人都已經認為他是最酷的。我不只比較不酷，而且為了可以**顯得**很酷，還謊稱自己還是小隆的朋友。這點把我變成最不酷的人。

克勞德還是悶不吭聲。

「地球呼叫克勞德，」我說，「你有沒有在聽？」

「**地球！**」克勞德吐了口水。「是食人妖怪的家鄉，連我自己的死敵都來了！」

「什麼意思？」我問。

「已知宇宙中最無情無義的貓渣竟然來了，就在你這個卑劣的星球上！」

我的嘴巴一開。「不會吧！又來了一隻太空貓？」

克勞德低吼。「他不是**太空貓**。他是我以前的學徒，也是不共戴天的仇人，是集傲慢、心狠手辣和惡意於一身的背信貓族。而且那些還算是他的優點。」

那段話裡至少有兩個詞我不知道意思。「可是，克勞德，好詭異喔。我也碰上同樣的處境！你以前的朋友和敵人，我以前的朋友和敵人——他們都剛剛降臨艾爾巴了！」

「我看不出這當中的連結。」克勞德說。

「可是你不是——」

「安靜！」克勞德說，「你煩人的蠢話也說夠

了吧。我一定要對我的軍隊發表談話。」接著他坐起身,狂亂的東張西望。「我的軍隊到哪去了?」

　　「你的軍隊?」我說,「你指的是那些小貓嗎?」

　　但克勞德只是哈氣,然後衝出房間。

第 26 章

　　利牙離開之後，我就覺得忐忑難安。沒錯，他轉身一溜煙逃走了，不過，是在幼貓們接觸到他謊話連篇的洗腦宣傳之後。在那天最後的戰鬥練習期間，我敢發誓幼貓們都用懷疑的眼神打量著我。

　　我絕對不允許他從我手中奪走軍隊，千萬不能讓歷史重演！

　　當時我下令他們在沒吃軍糧配給的狀態下小睡，然後自己細細思索整個局勢。

　　為了平息怒氣，我扯破一個大紙箱，並且支解了父親人類用來「裝飾」地下掩體的鋸齒狀盆栽。他難道不知道植物屬於戶外嗎？

　　接著，雪上加霜的是，男孩人類下樓來，對著自己瑣碎的問題大發牢騷。他滔滔說著他老家城市的另一個孩子人類到了這裡。這個無知的可憐人真的不曉得自己的星球有多小！這些妖怪早晚會狹路相逢，根本避免不了啊。

　　接著他竟然大膽到將自己的狀況跟我的做了連結。真荒唐。他有一批軍隊危在旦夕嗎？

就在那時，我注意到——幼貓們！他們不見了！也許利牙講的話確實影響了他們。

可惡！

我衝進格鬥室，掃視幾堆衣物。起初我沒看到他們，但是可以聽到刻意壓低的小小聲音——是三花的聲音。

我們對上眼睛時，她安靜下來。

灰色男孩們一臉心虛。女貓的臉龐除了狡詐之外沒有別的。她正在計畫著什麼邪惡的事情。

我感受到了只有父母才會有的得意與憤怒。

第 27 章

「大家早安！我聽說艾爾巴中學來了個新學生，」艾美喬老師在教室裡說，「而且我聽說他算是名人喔。」

「**美利堅人！**」傳來一個高亢的聲音。

接著一個小男孩出現在螢幕上，穿著星條仔的戲服，尺碼小了兩號。「**美利堅人！**」

「那不就是你們見過的最棒的東西嗎？」艾美喬老師說，「威力去年穿著慶祝萬聖節，從那之後就幾乎沒脫掉過！」

其他的小孩哈哈笑，只有我沒有。

我滿腦子只有碰上我們新「名人」的事。

那天早上我沒看到小隆，可是我覺得他無所不在。大家嘴邊掛著的都是「那個美利堅人小孩。」

然後我到自助餐廳去。

我平常的位置，就是布洛迪隔壁那個，被坐走了。是卡麥隆。他正在講故事，大家聽了哈哈大笑。接著穿著星條仔 T 恤的某個小鬼走過來，手臂搭著

卡麥隆自拍。

我領到兩根上頭有棕色斑點的芹菜棒，跟其他找不到桌子的孩子一起坐在地上，跟那些酷孩子的距離近到令人不自在。

那裡是我以前坐的地方。

我可以聽到小隆正在說，《美利堅人》還只是網路漫畫時，他跟媽媽說，他應該要當美利堅人的搭檔，那就是她創作星條仔的原因。

「美利堅人的自由之拳，也是我給她的構想。」

美利堅人最強大的武器，自由之拳？那才**不是**卡麥隆的構想——我知道，因為他媽媽想到這個的時候，我在場。我想站起來大喊：**說謊！**可是我不想引人注意。

鐘聲終於響起，我可以離開了，我如釋重負。可是麥克斯看到我正要離開。

「噢，嘿，拉吉，」他說，「我根本不知道你在這裡。」

對啦，最好是。我暗想。

第 28 章

「……令人畏懼、凶猛殘忍的貓族眾神之父，克羅麥斯，吃掉他所有的後代，這樣就沒人可以背叛他了。**故事說完了。**」

每次小睡時間，我就會將幼貓們帶回地下掩體，讓他們聽著砂盆星的傳說故事入睡。就像所有小貓仔一樣，他們更喜歡充滿破壞和混亂的故事。

青春眞寶貴。

軍校生們醒來時，雙眼清澈，準備製造破壞和混亂。

不過，今天他們看起來不如往常伶俐。連三花在練錘擊爪功時，都一副無精打采的樣子，於是我停止練習，痛斥她軟弱愚蠢，所有稱職的老師在看到學生表現欠佳時勢必如此。

課後，我向他們三位發表演說。

「你們難道不想成爲偉大的戰士嗎？你們難道想變成這樣？」我指著肥軟虎斑，他一口氣吸進了六個乾糧顆粒。

「喵嗚？」他說，抬起腦袋。

「這個！這個可悲的次等貓族就是你們的命運。想逃離這種命運的話，就照我要求的做！」

就在這時候，我這番激勵人心的演說被一個聲音打斷。

竟然有別人！

「一位君主站在大批士兵面前，
望著他們，將他們評為低等。
但他等於站在擺滿鏡子的大廳裡，
唯一不合格的，是他自己。」

利牙！他竟然在**這裡！**在碉堡裡！

「我真欣賞遠古的詩人，」他一邊說一邊從樓梯走下來，「他們的詩詞裡蘊藏了如此多的**智慧**。」

「少胡扯！」我下令，「我的戰備室，你是怎麼滲透進來的！」

利牙平靜的舔舔腳掌。「真正的戰士會像發亮的珠寶一樣，守護他們的祕密。」他環視了地下室。「所以這就是曾經強大的帝王選擇退休的地方。潮溼的地下掩體——」說到這裡他抬起鼻子，嗅了嗅

四周——「瀰漫著無毛妖怪的口臭味。」

我尾巴憤慨的炸毛。「這裡並不潮溼，而且有我松木香氣的貓砂。」

利牙搖搖頭。「比我原本想得更糟。」

「什麼更糟？」

「你啊！」他說，「你已經成了**他們**的一分子。」

「胡扯！」我說，齜牙咧嘴。

「瞧瞧你，」他說，語氣佯裝同情，「變得又胖又弱——你忘記怎麼從大地搜索糧食，怎麼從敵

人那裡偷盜掠奪。你嬌生慣養。你已經變成了……地球貓。」

地球貓？ 這正是我無法忍受的侮辱！我撲向那個叛徒，但他躲開了我的攻擊。他跳到窗台上，嘲弄的低頭看著我。

「老威斯苛永遠不會失準。」他說，然後將注意力轉向幼貓們。「我敢說你們已經學會這隻貓懂得的一切了。況且，我可以提供你們比這個陰暗洞穴更好的居所。我徵用了一整座堡壘，專門為我所用。一個**沒有**妖怪的地方。」他露出詭祕的笑容。「年輕的戰士們，也許你們會想來走走。」

灰色貓們望向姐妹尋求指引，三花則先看看利牙，再瞧瞧我。我必須展現自己的威力。

「夠了！」我喊道，「你在我的地下掩體，在我軍隊面前侮辱我！為了這些和其他越線行為，我要挑戰你……進行枝椏決鬥！」

利牙咧嘴展鬚，綻放一抹自大的笑容，發出呼嚕聲。「噢，威斯苛，」他說，「我**很樂意**接受。」

第 29 章

還不到兩個星期，卡麥隆已經讓學校裡一半的小孩都成了追星族。布洛迪是最糟的一個。連續好幾天，他就像狗仔隊一樣，在小隆身邊跟前跟後，用手機猛拍小隆在不同小孩的《美利堅人》漫畫上簽名。

不過，更令人作嘔的是，卡麥隆拿了蠍子和蠑螈的蠢機屁股，準備把它做成彷彿可以飛上火星的東西。

我好希望能贏得機器人比賽，連這件事都會被小隆毀掉！

「你們想，他們的無人機會做什麼？」史提夫問，無法將目光從他們那裡移開。

「誰在乎？」雪松說，「為了趕上重要的展示活動，明天以前我們必須把水機器人的給水器弄好，不然娜塔莎老師會把我們五馬分屍的。」

「我們需要更多時間。」史提夫說。

我們決定，等實驗室關門，把水機器人帶回我家繼續進行。

「嘿！也許我們可以請卡麥隆幫幫我們。」史提夫說。

「才不要！」我喊道，雪松用奇怪的眼神看我，「我只……想跟你們一起弄。」我補了一句。

史提夫聳聳肩。「好啦，可是他看起來很懂機器人，而且他滿酷的，你們看，」他邊說邊把手伸進書包，抽出一疊書，「他替我簽了**一整套**的《美利堅人》。」

「為什麼大家都那麼愛看《美利堅人》啊？」雪松說。她輕蔑的拿起《美利堅人》第四集。「看看這個！《外星倉鼠的攻擊》！好像外星人看起來真的像**寵物**似的。」

「其實呢……」我說。

「對啦，我們知道，拉吉，」史提夫說，翻著白眼，「就像你在營隊期間跟我們說的。你的貓是**外星人！**」

「呃，抱歉我提起這件事，」雪松說，「欸，我們必須專注在水機器人上。還有一串問題要解決。」

「不過，那個屁聲現在已經很完美了。」史提夫強調。

所以至少我們有了點進展。

第 30 章

涼爽宜人的傍晚，燦爛輝煌的夕陽，幼貓突擊部隊跟在我後頭往前疾行，尾巴有如小小的勝利旗幟。毋庸置疑，在他們背後的某處，肥軟虎斑和弱智薑薑正拖著沉重腳步走著。不久，他們都會見識到利牙最終的殞落。

啊，墜落！正是枝椏決鬥的輸家會面臨的命運。

枝椏決鬥的規則在 28-962-D 年訂定，明文刮在了石頭上，幾千年來，所有的貓都視為神聖至上。這種儀式性的戰鬥是個古老且光榮的手段，不僅可以用來排解紛爭，也是毀滅與羞辱敵人的妙方。

呼嚕。

我們抵達利牙的碉堡。說句公道話，叛徒這裡確實配得上堡壘這樣的稱呼。建物極為寬闊，前側草坪上立了個待售牌子。（人類生活的另一個奇特之處：他們以為自己是財產的主人。他們難道不明白，所有的資產都屬於他們的至高大帝嗎？但我離題了。）

我呼喚叛徒出來應戰。

他已經在院子裡，在玫瑰樹叢的陰影中等待我。他正在吃東西。「這個星球的小嚙齒動物就跟這裡的貓一樣遲緩愚蠢，」利牙若有所思說，「獵捕晚餐毫不費力。」

我的敵人唏哩呼嚕吃完他獵物的內臟，不管那是什麼生物，然後喀吱咬著骨頭。

眞會製造氣氛。

「我不是來這裡聊天的，」我宣布，「我是來**打架**的。」

利牙鞠了個躬。「很樂意奉陪，而且我會擊敗你。」

我們走到堡壘的後面，那裡有棵高聳的樹木。按照古老的禮儀，我們繞著底部打轉，在樹幹上抓了抓，誦念決鬥誓言：

「兩個往上爬！

一個待下！一個跌下！

留下的那位

即爲我們眾貓的神話！」

幼貓們專注的看著。我相信他們會從我必得的

勝利中學到一些東西。薑薑也聚精會神看著，但肥軟已經睡著了。

我們的尾巴最後一揣，轉眼登上了樹。規則簡單明瞭：把對方從樹枝上推下的就贏得勝利。不能出爪子，競賽者一次只能出一掌揮打對手。

我轉向利牙。「準備好了嗎？叛徒？」

他用左掌快揮三下作為回答。

我輕鬆躲過他的掌擊。「連按照慣例數到二，都等不及嗎，利牙？」

「動作快才能先發制人！」利牙得意的說。

面對他的無禮，我賞他臉頰一記作為回應。接著我伸出另一掌，朝他的肩膀擊去。我閃過他的下一拳，同時用右後腿出其不意的一踢，並以快得模糊的動作再三猛攻他。

「喵嗚喵嗚**喵嗚**！」薑薑為我加油，男孩們也為我歡呼，但三花一點忠誠度也沒有。她只為暴力喝采。

利牙企圖自我防禦，抵擋我狂風般的猛烈連擊。我朝他肩膀快速出左掌，讓他吃了一驚。我成功突擊了他！他東搖西擺，即將摔落！

我使出**致命的一擊**！

然後……

打偏了？

第 31 章

雪松和史提夫跟我一起處理水機器人，直到必須回家吃晚飯。門鈴響起時，我正忙著打掃環境。儘管我巴不得是另一隻太空貓，但可能只是史提夫吧。他老是忘東忘西。

可是，不是史提夫。是**卡麥隆**。

我還來不及張開嘴巴，他就已經開始講話。

「我真不敢相信我們搬到這裡來，」小隆說，從我身旁經過，逕自走進屋裡，「我是說，我們怎麼可以為了這個，離開布魯克林啊？」

彷彿他聊天聊到一半似的。這倒也滿合適的，因為這些日子以來，小隆覺得有趣的對話，就是自言自語。

「這裡的小孩，跟前跟後，就像小狗一樣！就因為我是紐約來的，就因為《美利堅人》漫畫是我媽寫的，他們就認為我超酷。我覺得，不，我才沒那麼酷。」

「唔——」

「可是他們不相信我。他們的反應是，不，你

真的就有那麼酷。」

「唔，是啦──」

小隆嘆口氣。「**每個人**都搶著跟你當朋友，真的很辛苦。你怎麼知道要選誰啊？」

聽起來像個問題，但卡麥隆根本沒要我回答。他甚至不讓我講完一個句子。

「可是我真的想跟這些呆子的**任何一個人**當朋友嗎？他們就是不放過我，甚至跟我跟到廁所去！『嘿，卡麥隆，美利堅人會不會打敗太空烏賊？』『嘿，卡麥隆，你媽能不能把我畫進漫畫裡？』」

雖然很難相信，但小隆變成了比以前還自大的混蛋。他開始說起《美利堅人》即將改編成電影，美利堅人這個、美利堅人那個，我再也受不了了！

「如果你可以暫停五秒鐘，不要講美利堅人的事，他們就會放過你了。」我劈頭就說。

卡麥隆轉向我，滿臉震驚和嫌惡。「我就知道！你在嫉妒！」「我才沒有。」

「噢，是嗎？」他譏諷的說，「那你為什麼跟這裡的小孩說，你是我朋友，因為這樣你就會受歡迎？」

我可以感覺到自己正在縮小。

「而且我猜你已經跟大家說，我們再也不是好朋友了，」我說，「爲了羞辱我。」

「我幹麼羞辱你？」卡麥隆問，「你這麼崇拜我，還滿可愛的啊。我是說，雖然可悲，但我不介意。」

「我才沒有崇拜你！你在你媽成名以前，一副遜樣，比我嚴重十倍！我幹麼崇拜一個一直表現得像大混蛋的人？」

卡麥隆怒瞪著我。「對啦，儘管貶低我啦。反正我很酷，你不酷。你爸是牙醫，但我媽可是**全**

世界最偉大的漫畫家！」

　　夠了！他不能把我爸扯進來！

　　「對啦，哼，我有完美的口腔衛生，而且我媽是你爸的老闆！」我說，「就因為你媽做出厲害的東西，不代表你也跟著厲害起來！而且那個東西甚至也沒那麼厲害了。《美利堅人》還是網路漫畫的時候，品質好多了！」

　　我剛剛越了線，我知道。可是他也一樣啊！

　　小隆的模樣就像漫畫裡的星條仔準備送出滿是星星的揮拳大法。可是他轉身離開了。

　　「你會為你說的話後悔的，班內傑，」卡麥隆說，「我會**報仇！**」

　　他砰的一聲關上了門，震得玻璃窗喀啦喀啦響。

第 32 章

原本會成為致命一擊的力道，讓我頓時失去平衡。我搖搖晃晃，急著想用爪子攀住枝椏，但我已經讓自己暴露過度了。

利牙只需要伸出掌來……然後一推。

突然間，我從空中摔落。我往下墜落的時候，風急急掃過我的皮毛。

這不可能啊！真是一場惡夢！我震驚無比，在還沒撞到地面以前，做出恰當的飛行翻轉。

於是我著地的——不是四腳，而是背部。

真是的！

利牙優雅的從樹上一躍而下。我不需要看他的臉，也曉得他一臉幸災樂禍。

「我想說你努力試過了，威斯苛，」他說，「可是你並沒有。」他停頓，拉長他的勝利宣言。「你知道接下來會發生什麼事，是吧？」他說。

我知道。

明文規定，墜落的那位必須……必須……

噢，光用想的，就讓我難以承受！

「看好了，年輕戰士們，墜落的輸家有什麼下場。」利牙低下頭來。「來啊，噢偉大的戰士，**舔吧。**」

這點清楚寫在古老的規定裡：枝椏決鬥的輸家必須替贏家梳理腦袋。

雖然我寧可拔掉自己的舌頭，也不要將它貼在敵人的皮毛上，但如果沒做到，就會招來永恆的恥辱。

於是我只好照做。

我舔了利牙的額頭。

「噢，還不錯！別忘了耳後。**小克勞德。**」利牙說。

好不容易結束的時候，我嘔出了七顆毛球。

「我差點爲他難過，」利牙說，轉身面對幼貓們，「你們幾乎猜不到，威斯苛**一度**風光過。一度，但榮景不再！」

「別聽他的，軍校生們！我只是一時打滑——這並不能證明什麼！」我說，「我們回到地下掩體吧。」

灰色男孩們轉向姐妹。她先看看我，再望向利牙，接著走過去，往**他**身上蹭了蹭。

又被背叛了！

「不要難過，老朋友，」利牙呼嚕叫，「你總是相信自己是遭到背叛的受害者，但總有一天你會明白，追隨強者、輕視弱者，只是貓的本性罷了。」

我的怒氣有如千個超新星一樣熊熊燃燒，我的恥辱也是。我絕對要報復——他們每一個。

第 33 章

晚餐氣氛陰鬱。我跟小隆吵了架，加上盛大的機器人發表活動即將登場，我沒心情講話。幸好，整頓飯下來，爸媽都忙著爭論誰忘了替媽的新充電車插電，所以我根本不必開口。

克勞德終於回家的時候，天都黑了。我下樓去跟他說我跟小隆之間發生的摩擦。不可思議，克勞德這次竟然認真聽了。不只如此，他還滿懷同情。

「不該任由過往的仇敵毀掉現在！一定要對這樣的敵人採取行動才行！他們帶來的羞辱必須得到報應！」

「比起我，麥克斯和布洛迪他們兩個都更喜歡小隆了，」我說，「我想連史提夫可能都會。」

「那些不知感激的東西！他們向來就不忠誠！低等的賤民總是追隨那些眾人覺得更強大的！他們是背棄！變節！背信忘義的蠢蛋！」

我從沒見過克勞德這個樣子！口沫四濺、頻頻哈氣、怒火中燒。

唔，其實我**看過**克勞德這個模樣啦。發生得還

滿頻繁的。只是從來都不是為了我。他這麼在乎，讓我很欣慰。

「一定要嚴懲他們！讓他們顏面盡失，絕不寬貸！」克勞德說了下去，「用鐵線穿過那些叛徒的爪子，將他們吊起來！」

爪子？

「你是說指甲吧。」我說。

「什麼？」克勞德說。

「叛徒、賤民那些的，他們沒有爪子啊。」我說。

他看著我，彷彿我是全宇宙最蠢的生物。「他們當然有爪子！」他說。

「等等，你在說誰啊？」我說。

「那些幼貓啊，你真是無毛又無腦！還有利牙！」

嘆氣。「所以你其實不在乎我的問題。」我說。

他再次給我那個表情。「你問那什麼蠢問題？」他說，「我當然不在乎。」

第 34 章

說真的！這個男孩妖怪到現在還不懂我嗎？

我為什麼要在乎他的「友誼」？我在講我的軍隊！他們拋下了我，選擇追隨我最大的仇敵——就是在砂盆星毀了我的那位。現在來到地球上，他又讓舊事重演！

非阻止他不可！

「嘿，」男孩人類說，環顧地下掩體，「小貓呢？」

嘶嘶嘶嘶嘶嘶嘶嘶嘶！

「哎唷！」男孩說，抓著自己的腿。現在，他那醜陋的赤裸肌膚上，有四道完美水平的抓痕。可是即使看到它們，也沒辦法為我帶來快感。

（唔，**稍縱即逝**的快感。）

「你怎麼搞的，克勞德？你幹麼這樣啊？」

於是我將事情的經過一五一十都跟男孩妖怪說了。連……理毛的事情都說了。

嗯！嗯！ 重溫那次經歷讓我又嘔出了一顆毛球。

「抱歉利牙偷走了你的朋友。」拉吉說。

「他們不是我的**朋友**！他們是我的**士兵**！」我對他大吼，「可是我會讓他們付出代價的！全部都是！利牙和那三個變節的小傢伙！我會讓他們巴不得自己從沒被生下來！」

「你為什麼不想辦法贏回小貓的心？」男孩人類說，依然揉著被抓傷的腿，「只要讓利牙看起來比你更糟糕，小貓們就會像當初離開你那樣，快快離開他。」

贏回他們，而不是摧毀他們？以 87 個月亮起誓，我確實相信這個人類說的或許有理。他通常很令人失望，但我越想越覺得這個點子不錯。

第 35 章

　　第二天早上，當我、雪松和史提夫──以及水機器人，走著、滾著到學校時，所有的孩子都停下來看。

　　「酷喔！」

　　「不會吧！」

　　「誰做的？」

　　我已經好久沒感覺這麼好了。

　　直到我聽見低沉的颼颼聲，以及史提夫倒抽一口氣的聲音。

　　我轉過身去，看到卡麥隆、蠍子和蠑螈的無人機，閃著燈光，在停車場上俯衝和急降。原本在欣賞水機器人的孩子們，立刻衝去無人機那裡想看個仔細。

　　在機器人課裡，狀況也一樣──娜塔莎老師挑小隆的團隊先發表時，全班也是喔喔啊啊讚嘆聲四起。他們發動機器人時，那架無人機在教室裡嗡嗡打轉，有如小隆形容過的。

　　「這是無人機博士，」他說，「會飛的急救箱。

116

它有 OK 繃、筆型腎上腺素、給氣喘孩子的噴霧吸入器。」

「哇，酷喔。」史提夫讚賞的說。

「而且萬一有緊急狀況……」

小隆打開警報器，聽起來就像救護車的聲音。其他孩子都鼓掌叫好——他們愛死它了。蠑螈和蠍子互相擊掌，小隆只是站在那裡，看起來超級得意，就像他已經知道自己是贏家似的。

不過，這組的成果似乎沒有得到娜塔莎老師的青睞。「這個概念非常不錯，」她說，「可是在我

們學校就不怎麼實用了。」

小隆一臉詫異，蠍子滿臉震驚。「可是它**會飛耶**！」他說。

娜塔莎老師強調，有氣喘的孩子都隨身帶了吸入器，而那些會過敏的同學背包裡已經備有筆型腎上腺素。而且 OK 繃真的需要越空遞送嗎？學生走到學校護士那裡，會比召喚無人機過來還快。「況且，」娜塔莎老師說，「你們的計畫有哪部分用了回收零件呢？」

「可是它會飛耶！」蠍子再次說。

與此同時，卡麥隆只是生著悶氣。

接著我們觀賞一個會替架子除塵的機器人，還有會幫忙刷牙的機器人操作示範——這兩個都運作得不大順利。接下來的那個機器人，我們還不知道它的功能是什麼，就直接短路了。

最後輪到我們。

我深吸一口氣，雪松負責操縱控制器，讓我們的機器人活過來。「來見見水機器人！」我按照我們事先擬好的腳本介紹。

「賣水喔！只要五分錢！」它啾啾叫，**「有普通水……也有氣泡水！」**

「看看這個！」史提夫說。他輪流按下每個氣泡水按鈕，水機器人發出越來越響亮的放屁聲。

大家都哈哈大笑，連蠍子都覺得好玩。

只有小隆僵著一張臉。

「比販賣機更便宜，」雪松說，「而且不浪費塑膠。它會把水倒進你可以重複使用的容器，或是直接送進你嘴裡。」

史提夫在水機器人前面蹲低身子，一柱水直接射進他的喉嚨。

他喝了一分鐘，然後咧嘴一笑，坐起身說：「眞好喝！」他說。

「所有的收入都會捐給『人人有水』，」我說，「那是一個致力於提供新鮮乾淨的水給需要的人的國際組織。」

其他學生禮貌的鼓鼓掌，大家等著看娜塔莎老師會怎麼講評。她對**任何人**的計畫都不太滿意。

但她現在卻漾起笑容。

她說我們很有創意的使用舊零件，讓她印象超級深刻。不只如此，她喜歡水機器人從健康和環境方面滿足眞正的需求。而且我們替一個很有意義的目標募款，這點更是了不起。

「我希望水機器人下週末能夠代表我們的機器人課，參加本年度的蟲蟲蘋果採收節。」她說，「可是作爲最後的操作發表，你們要在星期一的全校集會時，跟其他的參展人一起展示水機器人。」

　　我們**贏了**！我們眞的贏了！眞不可思議。小隆的臉就像蛋糕上的糖霜。我的前任朋友看起來彷彿就要短路似的。

第 36 章

　　我一整天都沉浸在自己的暴怒之中。我一定要報仇！可是該怎麼做才好呢？要用什麼手段？

　　我以巨大的貓族腦袋分析過所有可能的計謀，男孩人類回到家了。我對他低嘶，叫他別來煩我，因為密謀時需要隱私。不過，他卻沒完沒了的糾纏著我。

　　「可是，克勞德，你不懂嗎？我們的機器人**贏了**！星期一，我就能示範給全校看了！」他興奮得跳上跳下。真是不成體統。

　　「我為什麼要在乎？」

　　男孩發出呻吟。「我在水機器人上忙了好幾個星期，而你甚至還不知道它有什麼功能！你一定要過來看看！」

　　為了讓事情平息，並且讓他別繼續煩我，我同意看看他的學校計畫。我只能想像它有多可悲且一文不值。

　　我打著哈欠，男孩撥弄著操縱機器人的原始控制器，那個機器人我在車庫看過，以為是人類妖怪

所謂的「回收物」。

「快一點，」我說，「我還有工作要忙。報仇計畫可不會自動完成。」

年輕妖怪面帶笑容說，「來嚕，克勞德！」

「賣水喔！只要五分錢！」

那個機器人會講話！竟然會動！而且釋放一種強勁的氣體時，射出一道地球最恐怖的物質——

水！

我弓起背，背脊上的毛豎了起來保護自己。這個機器人是我所見過最惡毒的武器！這就是他在學校忙著做的東西嗎？我對拉吉的敬意以幾何級數倍增。

我也不敢相信我的運氣竟然這麼好。這幾天，我一直在尋覓復仇工具，萬萬沒料到，竟然就在我自己的碉堡裡。

我立刻連珠砲似的追問妖怪，關於這架「水機器人」的問題。不知怎的，他竟然沒看出它是一項武器——他將這個創造物想像成「對人類有幫助」的東西。彷彿人類需要幫忙一樣的！哈！囚禁和奴役，確實需要。幫助？真的不用了。

男孩妖怪上床睡覺，父母妖怪也陷入電視螢幕

的夜間恍惚後，我再次走進車庫，徹底的再檢查一遍那個邪惡裝置。設計過分單純——畢竟**出自**人類之手——有不少改進的空間。

隔天，我只小睡了十七次，因為我忙著密謀和計畫，耗盡了心神。那天晚上，我調整了邪惡水機器人的性能。

我將噴水槍的角度調整到更有效的角度；直直往前，更好瞄準敵人。而為了增加每道水柱的力道和噴射範圍，我將氣體壓縮力調升到最大。

完成之後，我滿懷敬意和欽佩的凝望著它。

真是令人讚嘆！

第 37 章

「我還是認為，用火來裝飾水機器人很奇怪。」雪松說。

我不理會她，在水機器人側面畫的火焰上，添上最後一點橘色。

「對啊，水會把火澆熄，拉吉，」史提夫說，「不過，話說回來，火也可以滾沸水，把它變成蒸氣！所以……怎麼說才對？噢，對，讓人搞不懂。」

「不，沒什麼搞不懂的，」雪松說，「只是怪。」

「怪？你們在開玩笑嗎？我覺得酷斃了！」

是我爸，他走進車庫來，雖然我之前就求他不要。

「酷爆了。」他站在那裡對我們咧嘴笑著。

「你需要什麼嗎？爸？」我問。

「噢，對！我是來跟你們說，披薩送來了！」

「謝謝班醫師。」雪松說。

「**披披披披薩！**」史提夫大喊，彷彿是某種戰呼，一面衝了出去。

爸留下來陪我，望著水機器人。「超級，超級棒的！真不敢相信你設計了這個！你好 Cool，我得添件外套保暖了！」他假裝顫抖，一面拍了我的背。

　　「唔，嗯，對啦。」我喃喃。

　　爸說他要去吃點披薩，我跟他說，我還需要幾分鐘才能把火焰畫完。我並沒有——我只是想要往後站開，隔點距離好好欣賞。

　　看起來確實很酷。明天學校集會上，大家都會愛上水機器人。

　　可是有什麼讓我忍不住多看一眼。水槍的角度正確嗎？軟管設置看起來是不是有點不同？我不確定。集會是明天一早，我可不希望有什麼閃失。

　　「拉吉！」雪松從廚房大喊，「史提夫像吃狂魔一樣，狂吃肉腸披薩，我快守不住素食披薩了！」

　　「好啦，好啦，我來了！」我回喊。

　　我一定瘋了。水機器人怎麼可能出什麼差錯？我們在這件事下了這麼多工夫。它很**完美**。

第 38 章

　　人類晚上退隱之後，我抓住控制器，啟動了水機器人。我迅速關掉它的發聲功能，指引這架邪惡機器人，從車庫側面的入口走出去。然後我爬到這架機械妖怪的頂端，朝我敵人的方向勇往直前。路過肥軟虎斑的家時，我在窗戶裡看到他女孩人類的臉。她敬畏的張著嘴巴。

沒錯！你那隻噁心的懶貓就辦不到！

　　如果這架機器人動作不是這麼慢就好了。當我終於抵達利牙的堡壘，我啟動陰謀的第二階段。

　　「利牙！」我呼喚！「我要來埋葬我倆之間毫無意義的仇恨！讓我們達成協議，和平度過放逐的時光。忘記過往發生過的一切。為了——」

　　我不得不在這裡停下。撒這樣大的謊言我得先咳出一顆毛球才有辦法說下去。

　　利牙出現在樓上的窗口，眼神充滿了懷疑。幼貓們從他肩膀後面往外窺看。「所以強大的帝王終於恢復理智了，是嗎？那麼我的鬍鬚為何感應到**說**

126

謊者加快的脈搏呢？」

「過來親眼看看我的眞心誠意吧！」我說。

讓我詫異的是，那個不忠的將軍一舉躍出窗戶，靈巧的落在草坪上。灰色幼貓們跟了過來，又滾又滑順著迴廊屋頂下來。不過，三花舉步不前。她的本能眞是敏銳！

「這是什麼可悲的塑膠裝置？」利牙說，他的懷疑現在由嘲弄的快活態度所取代，「你難道已經像地球貓那樣體弱無力，必須靠機器才能移動了嗎？」

他的呼嚕聲原本可能惹怒我，但我呼嚕回應，知道自己占了上風。

「可憐？」我說，「噢，我想你可能會改變看法。」

「我非常懷疑。我在這星球上看到的種種都很可悲，」利牙說，「尤其是你。」

「你之前跟我說過什麼，利牙？」我問，「關於爪子出得快，勝過逞口舌之快？」

他還來不及回答，我便按下按鈕，水槍開火！

利牙立刻渾身溼透！

他受辱的號叫聲在夜裡迴盪。那個叛徒立刻登

樹撤退，身子溼答答、氣喘吁吁。我可以透過他的皮毛，看到他心怦怦的狂跳。他瞪大的雙眼裡充滿恐懼！

呼嚕嚕！

「沒辦法妙語如珠了吧，嗯，將軍？」我喊道，「恥辱，你的名字就叫利牙！」

男孩幼貓們望向姐妹，希望她可以幫忙解讀這突來的命運翻轉。利牙察覺自己的權力根基變得岌岌可危，準備爬下樹來。不過，雷射般的液體朝他

的方向猛力噴射，讓他又急急忙忙爬了回去。

　　等他全身溼透、打著哆嗦，讓我心滿意足時，我將機器人轉了身，朝自己的碉堡走去。

　　「突擊隊員們，」我呼喚，「該走了！」

　　利牙一籌莫展，只能眼睜睜看著三花遵照我的指令，跳上水機器人，號叫要她的兄弟們跟上來。我這位年輕門生已經憑著自己的能耐成為領袖了。

　　我必須盡快挫挫她的銳氣。不過那是以後要忙的事——今晚我要好好慶祝我的勝利！

第 39 章

　　星期一早上，全校聚集在體育館，校長打手勢要我們安靜。「現在是我們要搶先瞧瞧蟲蟲蘋果收成節要呈現的成果的時候了」他說，「我們要讓整個艾爾巴社區見識一下，我們戰鬥書蟲的**自豪之作！**」

　　首先，「街頭表演密集班」展現他們的雜要技巧（滿酷的）。接著，「管樂大號社團」演奏了作曲家蘇沙的一首進行曲（滿不酷的），「西洋劍隊」則示範了各種劍擊的技巧（沒有聽起來的酷）。合唱團唱了披頭四的集錦歌曲，終於輪到機器人班了。

　　我、雪松和史提夫拿出水機器人，啟動和停下的動作進行起來完美順利。

「賣水喔！只要五分錢！有普通水，也有氣泡水！」

　　「有誰自願用用看嗎？」我問。

　　麥克斯舉起手，投了個五分錢進機器人的投幣

孔，然後在噴槍龍頭底下舉著杯子，可是噴槍沒有馬上給水，而是往上旋轉，直指麥克斯的鼻子。同時，氣泡屁聲就像音爆一樣，響遍了整個空間。發生了什麼事？我還沒猜出原因，水機器人就往麥克斯的臉噴出一道氣泡超多的水！

「喂，快住手！」那個可憐的小孩喊道。

可是，水機器人並沒停手。它轉向群眾，又射了一道水。兩道超強水柱噴溼了露天看台前兩排的學生。

「我是不是偵測到……有人渴了？」水機器人說，又朝一堆八年級生，射出一道灌了氣的水柱。

我拚命按著控制器上的每個按鈕，可是水機器人毫無回應！水柱將娜塔莎老師手上的咖啡射掉，接著朝校長噴水，還瞄準他長褲的褲襠，讓他看起來就像尿溼褲子一樣。

現在，全校每個學生都哈哈大笑，只除了創作水機器人的我們三個，還有卡麥隆。他臉上的神情讓我想起，克勞德抓壞一件家具時的表情。**沾沾自喜**。

至於水機器人，它依然噴水噴個不停，一大

灘水開始在體育館的地板上擴散。我陷入恐慌，動彈不得。

謝天謝地，雪松並沒有。她衝上前去，順利的從水機器人背後扯掉電池組。機器人立刻停止運作，水槍緩緩斜向地板。

「噢！」體育館裡的其他孩子大喊，然後開始放聲歡呼。

怎麼會發生這種事？我們上次用水機器人的時候，明明運轉得盡善盡美！而且它根本不像是機能失常——而是噴水功能**刻意設定**成這樣的。

　　一定有人蓄意破壞了水機器人，可是會是誰呢？一定是對機器人懂得不少的人。某個想要傷害我們團隊的人。

或是想要傷害我。

　我再次看看小隆，他依然咧嘴笑著。他直直回望著我，然後眨了眨眼。

第 40 章

　　男孩人類放學回來時，講起充滿災難和混亂的一天。想當然，這比他平日的廢話有趣多了，而我為了自己在這場慘敗裡所扮演的角色暗自竊喜。

　　不過，這個角色，機智且高明的決定我什麼都不說。男孩相信，破壞他創造物的是他的敵人！我任由他這麼想，不只因為這會抵銷我在這件事裡的罪過，也因為這樣或許能刺激這個無能人類奮起行動。

　　「你要怎麼做，很清楚，」我說，「你和你的戰友們一定要集結起來，讓這個卡麥隆在他出生的那天後悔！」

　　「我們人類不會成天到處報仇，克勞德，」妖怪說，「我們會惹上麻煩的。」

　　「聽著，無毛的傢伙。擊敗敵人的方法很多。你們不需要傷害他。你們只需要羞辱他。」

　　「我不知道……」

　　「拿出一點勇氣來！藉由羞辱利牙，我已經扭轉局勢了！」

「等等，是嗎？怎麼做到的？」

「手段不是重點，重點是我辦到了，現在我的軍隊已經回到我身邊了！」

「你是說，小貓們回來了嗎？」人類興奮的說。

他趕到箱子那裡，我的突擊隊員正在裡頭靜靜休息。

「嘿，小不點們！」

三花對他低吼，男孩恐懼的縮回身子。我責怪不了他。女貓在上星期有長足的成長，越來越有氣勢了。她朝他的方向吐了口水，跳起來爪子外露的朝他掃了一記。

「好啦，我想我以後再摸摸你，或者永遠不再摸了。」

「正如偉大的喵咪閣下說的，**粉碎名譽勝過粉碎刀劍**，」我說，「讓你的敵人嘗夠恥辱的滋味，他就永遠不會再纏擾你了。如果你任由自己受到屈辱，宇宙永遠不會停止羞辱你。」

人類消化了我話語中明顯含藏的智慧。也許他總有一天會起而行動。

那天晚上，我帶著歡喜的心小睡。有好幾次

次，我醒來再睡去，滿懷喜悅的重溫我的勝利。但在黎明時分，我打著哆嗦在地下掩體裡甦醒，感到一股令人痛恨的惡寒。

我轉身去看我的尾巴。我常常這麼做，欣賞它的雄偉。

就在這時，我看到了我今生最懼怕的情景。

第 41 章

星期二，我們接獲我們也許早該意料到的消息：水機器人不能代表機器人課參加收成節，改由無人機博士去。卡麥隆笑容燦爛到臉簡直要裂成兩半了，他、蠑螈和蠍子互相擊掌。

娜塔莎老師說她並不想更換，但校長執意要求這麼做。「大家都知道水和機器人不搭，」他說，「就是不自然！」

「他只是在氣水機器人讓他看起來好像尿褲子了。」雪松說。

「我們必須向小隆報一箭之仇。」我在放學一起走回家的路上，對她和史提夫說。

「不過，他好酷喔，」史提夫說，「我不敢相信他會破壞我們的計畫。那樣太邪惡了。」

「擺明了就是他弄的，」我說，「他受不了我們打造出比他團隊更好的機器人，因為我們吵過架，他就扯我後腿。」

「可是報仇？」雪松說，「我是說，我滿贊同的，可是這很不合你的作風，拉吉。」

確實不合我的作風。但是，我認為克勞德說得對——我必須替自己發聲。可是我不能告訴他們，我接受了太空外星貓族的建議，所以我只是聳聳肩。

「唔，都好啦，」雪松說，「我加入。我們拿走無人機博士，把它變回屁股器。褲子卡屁屁！」

「我不想羞辱**每個人**——連蠍子和蟑螂都不想，」我說，「只要卡麥隆就好。」

「我們可以砸爛他的無人機，」史提夫說，「我很會破壞東西。」

可是我有不同想法。「你們也知道，每個人都覺得警報錄音很酷，要是我們重新設定無人機的錄音功能，讓它播放這個呢？」我把手塞進腋窩，發出超級響亮的放屁聲。

史提夫立刻如法炮製。「這個點子**真讚**。」他說。

雪松翻翻白眼。「爛死了，」她說，「不過，隨便啦。總比呆呆站著，什麼都不做還要好。」

「好，就這麼決定了，」我說，「明天，我們到卡麥隆家去換。」

「可是我們要怎麼進去？」雪松說，「如果我

們出現在他家門口，然後說，**嘿，我們想跟你的機器人玩玩**，他一定會起疑。」

我有個點子，可是雪松不會喜歡的。

第 42 章

我的尾巴！我美麗、雄偉、出色的尾巴！竟然
被……

剃光了！

這件事是怎麼發生的？難以置信。這種屈辱！我在短短幾個小時之內，從勝利者搖身成了被征服者！

三花醒來，悄悄朝我爬來，她的兄弟們尾隨在後。我對他們低嘶。「停步，軍校生！」我喊道。

我退到角落裡，免得他們看到我的恥辱。「回去小睡。」我下令。

男孩們聽話照做，但他們的姐妹堅守陣地，歪著腦袋，察覺事有蹊蹺。

接著陰影裡傳出聲音。「現在看看誰淪落到最底層了！」

利牙！刮掉我尾毛的叛徒還在我的地下掩體裡！我迫不及待要將他碎屍萬段，可是從角落出來就會暴露我光禿禿的尾巴。我不能讓幼貓們看到利牙犯下的惡行。「過來這邊，好讓我把你的眼球挖出來！」

但利牙不理會我。「過來瞧瞧啊，年輕的戰士們，」他對幼貓們說，「看看你們所謂領袖的恥辱！看看他的背後！真正的領袖會讓敵人趁夜溜進他的碉堡，剃光他的尾巴嗎？不，真正的大帝入睡時會警戒的睜著一隻眼睛！只有那些感官遲鈍、心思柔

弱的貓才會受到這麼徹底的羞辱！」

利牙把一顆毛茸茸的灰球推進房間角落。三花朝它撲去，開始用後爪死命的撕扯。

利牙的嚕呼聲從地下掩體的牆壁彈了回來。「看哪，克勞德，你的士兵怎麼撕碎你尾巴的！」

我禁不起這樣的羞辱。我的心思馳騁，急著找到下一步，但我能做什麼？什麼都不能！我只能趴伏在原地，將尾巴藏於身下，假裝什麼事情都沒發生，**絕對沒有**，出了差錯。

第 43 章

我花了半個小時向克勞德解釋，我要怎麼向小隆復仇，而他卻一個字也沒說。這不算反常，但這可是**復仇**計畫啊。

「這是你最愛的主題！」我說。

依然毫無回應。

不過，真正詭異的是，他死都不肯從我爸的沙發底下出來。我問他出了什麼事，他默不作聲。接著我問，那些小貓到哪去了。依然沒有反應。

「跟利牙有關係嗎？」

克勞德哈氣。

唔，至少我知道他還活著。

不過，要查明他的狀況得等晚點，因為現在門鈴響了。

我衝上樓，用力打開門。「讀過了嗎？」我問雪松，她正站在迴廊上，旁邊是史提夫。

她翻翻白眼，打開書包，拿出《美利堅人 3：政變將軍的邪惡陰謀》。「基本上，這是我讀過最蠢的東西了，真不幸。」

「她瘋了，」史提夫說，「政變將軍是漫畫裡最棒的反派！」

雪松不理他。「你在裡面的動作最好快點，拉吉，因為如果我裝太久，我會吐的。」她說。

小隆來應門的時候看起來有點起疑，可是雪松立刻熱情滿點的聊起漫畫，跟他討簽名。然後他就放我們進屋裡了。

他自己一個人在家，而且他的家簡直就是豪宅。不知怎的，看來他和家人看起來好像已經住在這裡好久，而我家卻到處都**還是**搬家箱子。

「我很愛這邊這部分，」雪松說，翻著那本漫畫，「還有這裡實在太好笑了。」

我可以看出她只是隨便指指，不過她演得太好了。很顯然，史提夫並不需要演，因為他真心認為《美利堅人》漫畫是史上最棒的東西。

「太好笑了！」他複述。

小隆照單全收。接著他開始講到《美利堅人》要拍成電影，製作人會從洛杉磯飛過來，請他全家出門吃一頓豪華大餐。

小隆滔滔不絕，說著那部電影會有多棒時，我以上廁所為由離開現場，去找那架無人機。

我在他們的陽光迴廊上找到它。陽光迴廊裡塞滿《美利堅人》漫畫的周邊商品——《美利堅人》海報、《美利堅人》公仔，甚至是《美利堅人》使出拋星大法的真人大小模型。我走到無人機那裡，掀開它的蓋子。裡面有可以調整的迷你錄音機，跟我們的水機器人用的那個一樣。我在捲動主選單的項目時，心臟狂跳。

我只需要把隱藏的音軌錄進去，設定在星期六中午開始播放，收成節的示範操作預計那時要開場。設定錄音機很簡單，但下一個步驟並不簡單。

我捲起 T 恤，將手塞進腋下，像雞一樣上下擺動胳膊，可是怎樣也發不出屁聲！不管我多努力嘗試，聽起來都像艾美喬老師迷你馬跳過小小桶子時，發出來的噴氣聲。

「怎麼弄這麼久啊？」

是史提夫。

「我緊張到弄不出聲音來！」

「讓我來。」史提夫說，手往上伸進 T 恤，使勁弄出聲音。

史提夫的腋下屁聲真的無人能敵。

接著門猛的打開，卡麥隆站在那裡怒瞪著我

們。「你們在這裡**放屁**嗎？」他問。

　　「抱歉，」我說，「史提夫的腸胃有問題。」

　　史提夫搓搓肚皮。「對啊，我午餐吃了個超大的豆泥捲餅。」

　　小隆正準備說什麼的時候，雪松走了進來。「哇啊啊啊，一整個房間都是美利堅人的東西！真不可思議。」她說。她表現得很誇張，可是成功了。我們離開那裡的時候，他一點都沒起疑。我們還沒走一個街廓的距離，就忍不住放聲大笑。

第 44 章

關於我跟這個男孩人類之間的邂逅，最令人不安的事，發生在他離開之後：我發現我在**想念**他。

這怎麼可能呢？

我從父親人類的軟墊椅子底下爬出來，可是如果我沒有這樣做會更好，因爲就在那時，我跟……

自己面對面。

房間對面掛著一架人類原始的倒影製造器，我在裡頭看到自己被剃光的尾巴，赤裸光禿，**醜陋至極**。現在我終於明白妖怪爲什麼要穿衣服了，就是爲了遮掩這樣的醜惡！

地上有男孩人類的一件足部覆蓋物。雖然體積頗大，但這個所謂的「襪子」約莫是尾巴的尺寸。

我花了點力氣，好不容易才套上來。

看起來**眞可怕**。

雖然比赤裸的肌膚要好，卻加深我的恥辱感。

我轉開身子，不去看我那糟糕的影像，然後悄悄爬過房間，來到幼貓們以往睡覺的地方。接著我往沙發底下一瞥，那裡是肥軟虎斑平日習慣躲藏的

地方。噢，那隻傻肥軟！

他的一個貓草玩具就倒在地毯上。我嗅了嗅。**氣味**真是美妙！我都忘了它的香氣有多麼魔幻。我聞到這樣的氣味，便能想像自己再次贏得戰役。我想像自己揮軍踏上沙場！摧毀利牙！還有——噢，光榮中的光榮！——我可以看到澎澎毛來到這裡，要帶我回到砂盆星。

終於！你終於來了，澎澎毛！

那些夢栩栩如生，彷彿真的存在。

我在小睡嗎？還是醒著呢？我再也無法分辨了。

突然間，我感到一股**飢餓感**拔山倒海而來。我撲向男孩妖怪留給我的乾糧。那些石頭般的顆粒，我甚至嚼都沒嚼，就直接吞了下去。接著，我將注意力轉向罐頭食物，已經變硬，結了層皮，但是我依然把它當成我敵人的心臟，大口吞下肚！

我吃了好多好多，肚子都脹得發疼了，不得不仰躺在地。

然後我做了更加輝煌的夢。我再次回到砂盆星，以鐵掌統治天下，讓我的敵人們恐懼畏縮，頻頻求饒。我永遠都不想醒來。

第 45 章

「欸，嘖，戰鬥書蟲們，對於星期六的蟲蟲蘋果收成節，希望你們都跟桃子園裡的豬仔一樣興奮！有趣的部分從十一點開始，操作和發表在正中午開場，可是如果我是你們，我會提早到場。準備樂翻天吧！」

艾美喬老師講的話整天在我耳邊迴盪。事實上，我**的確**很興奮。我依然希望水機器人有第二次機會在大家心中留下深刻印象。可是既然沒辦法讓那件事成真，我可以期待次好的事情：在空拍機博士的屁聲開始播放時，看著卡麥隆的表情。

我現在擔心的只有克勞德。他已經好幾天都沒上來吃他的蛋和奶油當早餐，反倒吃起我爸留給他的乾糧和罐頭鮪魚。克勞德**痛恨**貓食。他一定出了什麼狀況。而且那些小貓到哪去了？我想念他們，連可怕的三花我都想。

放學過後，我直接去找他談。

他依然躲在沙發底下，而且地下室的味道糟糕透了。

「克勞德，」我說，「你放了屁嗎？」

一時之間沒有回答。接著他說了我從沒料到會聽他說出口的話：

「抱歉。」

現在我**真的**很擔心了！

「克勞德，到底怎麼回事？」我說，「爸都想打電話給獸醫了，你知道吧。你已經很久沒抓傷他，他傷口都癒合了。他的雙手沒貼繃帶，看起來光禿禿的！」

「我沒生病，」克勞德說，「即使我生病，也不會讓你帶我去看你們人類的那種巫醫。」

「除非你現在出來，告訴我怎麼回事，不然我們就要去找獸醫。」我說。

「好吧。」他嘆氣。

克勞德竟然這麼順從，**到底**怎麼回事？

「我甚至再也不在乎誰看到了我的恥辱，」他說，「只要買新的貓草老鼠，然後留多點乾糧給我就好了。」

克勞德從椅子底下爬出來。我的第一個念頭是，**唔，他在底下絕對沒餓著肚子。**

我的第二個念頭是，「你為什麼把我的襪子套在尾巴上？」

「襪子？」他說，「什麼襪子？我的尾巴一直都長這樣。」

「少來，克勞德，別鬧了。」我說，然後往下伸手將襪子抽開。

噢……我的天……哇。

第 46 章

　　我原形畢露，但我再也不在乎了。我感覺到內心有個又深又廣的空洞，連重溫我過往最精采也最邪惡的作為，都填補不了。

　　我只想不受打擾，聞聞貓草，在陽光中打盹，啃啃乾糧。確實，乾糧一直害我胃痛，可是我發現從背後釋放氣體，帶來足夠的舒緩，讓我可以吃下更多。

　　可是，男孩人類就是不放過我，於是我只好從實招來。他因為我，非常氣利牙。

　　「不能讓他逃之夭夭！」

　　「噢，拉吉！」我說，「總是急著為我挺身而出，不管我多麼常直指你的缺點。」

　　「你竟然叫我的**名字！**竟然這麼**體貼？**」他說，「你快嚇死我了，克勞德。」

　　「我也嚇死我自己了。」我說，然後試著溜回椅子底下。

　　男孩人類擋住了我。

　　「別再自怨自艾了！」他說，「你不是肥軟虎

斑。你是邪惡的外星貓大帝！宇宙中最偉大的軍隊指揮官！」

「可是我的尾巴……」我說。

「你的尾巴看起來根本沒那麼糟！」

「你說得容易，」我說，「你生來就醜惡。」

我準備把襪子套回去，但男孩妖怪一把搶走。

「克勞德，乾糧、貓草和躲起來，這些事情你都必須適可而止，」他說，「你竟然放任利牙操縱你的想法！記得你老是引用的那些俗話嗎？**報仇要打鐵趁熱！**還有，**報仇是最佳良藥！**唔，照你自己的忠告來做吧。我就做了啊，現在，**我的**敵人會很後悔他當初扯了我後腿。」

這些話令我驚愕。我從未聽過我的男孩這麼辯才無礙、這麼有說服力。也許他說的沒錯！說到底，**我以前**可是宇宙所知，最偉大、最邪惡的帝王，連利牙的背叛也不能抹消這一點！

而且，相對而言，我的尾巴也沒那麼糟，我身上依然擁有比人類多一千倍的皮毛。

真正令我精神為之一振的，是他提到了報仇。就像孤獨在砂盆星是最高形式的存在，報仇也是至

高無上的**行動**形式。想起這點，過去幾天，籠罩我腦袋的迷霧隨之退散。終於，我又能清楚思考了。

「你可能很蠢笨，你可能很醜惡，你可能是我碰過最低等的生物之一，可是今天你口吐**眞理！**」我說，「爲了這點，我稍微沒那麼鄙視你了。」

「這才是我的好貓！」他說，滿臉笑容。

我很討厭人類這樣。

總之，我需要做的，就是將利牙從宇宙一舉剷除。而且爲了達到這個目的，我必須挑戰那個毫無誠信的將軍，進行最後一場競技。

我回溯古老的歷史，找到早於「枝椏決鬥」的戰鬥形式，這種競技如此殘酷，自 493-A 年來便遭到禁止。

箱子競技！

第 47 章

「嘿，拉——吉，」有個聲音呼喚，「查德在你家嗎？他又溜出門了。」

是琳荻，對街那個有點煩人的小孩，查德是她的貓——就是克勞德更精確的稱為「肥軟虎斑」的那隻。

「唔，沒有，我想沒有。」

「有幾次，他真的溜出門的時候，我都看到他在你家院子。也許他跟你家的貓咪是朋友！」

「是嗎？」我說。

我希望她不會過街來，可是她當然這麼做了。她抓著一本《美利堅人 11：恐怖旋風襲擊》。

「你聽說《美利堅人》漫畫的作者搬到艾爾巴了嗎？」她問，「你知道她有個兒子嗎？有一次我看到他溜滑板。你能相信**他們**竟然搬來**這裡**住嗎？他們明明屬於超炫的地方，像是布魯克林！」

我懶得告訴她，他們其實就是從布魯克林來的，也懶得說我跟小隆很熟。可是琳荻說的話，我也無法聽過就算了。

「你知道嗎，我就是布魯克林來的。」我說。

「嗯，**對喔！**」她說完，哈哈一笑，「可是別難過，你也幾乎出名了。我爸媽在報紙上讀到你的事情。**水機器人暴行！**」

「嗯，唔——」

「我真希望我當時就在現場看！」琳荻說，邊想邊微笑。接著她皺起鼻子。「怪的是，水機器人前一天晚上看起來還很正常。」

「什麼意思，前一天晚上？」我問，「**什麼**前一天晚上？」

「就是在你們學校整個大發瘋的前一天晚上啊！」她說，「我上床睡覺以前，看到它沿著人行道越走越遠。」

「可是……可是，」我支支吾吾，「那不可能啊！」

「我本來也這麼想。然後我想說你一定用了遙控器。」琳荻回想起什麼，再次浮現笑容，「你還把你的貓放在上面，好可愛！查德永遠不會勇敢到坐在機器人上！」

克勞德？**坐在**水機器人上？在它「發作」的

前一晚……

　　噢，不！

　　我犯了一個可怕的錯誤！

第 48 章

　　打從我離開地下掩體以來，已經過了許多小睡時段，而我更是很久沒做任何肢體方面的訓練。

　　結果，我體型變得比我過往所習慣的都大。我的碉堡與街道之間的距離變得遙不可及，事實上這段距離感覺遠到，等我抵達人行道的時候，已經上氣不接下氣了。

　　這段旅程所需要的時間可能會超過預期。

　　等我抵達利牙的堡壘時，陽光依然燦亮。我的掌子疼痛，鬍鬚下垂，但我就像從前曾經是（不久又會再是）的至高無上戰士一樣，丟出了戰帖。

　　「利牙，」我喊道，「出來，露出你的雙面臉！」

　　我的敵人從他的堡壘裡不疾不徐現身。「眼前這個吼叫不停的肥碩生物是什麼？」他說，鬍鬚抽搐，「你看起來像是我的一個老朋友。唔，應該說是三或四個他加起來。」

　　「你很清楚我是誰，叛徒。」

　　「噢，威斯苛，是你嗎？你真的……**長了不**

少。」

「夠了！我要向你挑戰——」

「威斯苛，我們已經較量過了，」利牙說，「你輸了，我贏了。一切平順。」

「那是給貓崽的遊戲，」我宣布，「今天我要向你下終極戰帖，」我誇張的停頓一下，「**箱子競技。**」

利牙的臉！彷彿撞見了暹羅國王的鬼魂，據傳他的靈魂會在貓咪臨終時顯現。

「你指的該不會是——」

「戰死方休。」

利牙回頭瞥瞥幼貓們，因為他們正熱切看著，他不得不讓自己平靜下來。「你真的不用像那樣大吼大叫。我的耳朵運作很正常。」他轉向幼貓們。「你們一定要原諒他。他的感官知覺因為貓與人類的過度接觸而鈍化了。這對貓族健康有絕對的傷害。」

三花望著利牙，再次起了疑心，然後好奇的望向我。如果利牙沒接受這份挑戰，她和她兄弟會再次拋下他，我跟利牙都很清楚這點。

「所以你和你的肚皮想在致命的決鬥裡勝過我，」他說，「二對一是吧？悉聽尊便。儘管挑個日子，我會在戰場上跟你會合。」他頓住。「我是說，在**箱子**裡。」

「我兩天之內會回來。」我宣布，然後轉向幼貓們。「等你們重新回到我身邊受訓，別期待我會像以前那樣對你們那麼好。」

「請把握接下來幾天好好準備，威斯苛，既然都要耗費力氣打鬥了，我寧可花超過五百秒時間，才將你撕扯成油滋滋的碎片。」

「你會吃下你的話 ！」我發誓。

「唔，看來你確實很懂**吃**。」

我離開的時候，他的呼嚕聲在我耳邊迴盪。

復仇！我會是勝出的一方。

第 49 章

好萊塢名製作人今晚要帶小隆全家去吃晚餐，這就表示，我正好可以趁這個晚上把事情導正回來。

我路過卡麥隆家三次，企圖裝出酷樣，一面試著查明是否有人在家。可是我一點都不酷，我根本快嚇死了！我繞了那個街區四次之後，才鼓起勇氣，往車庫的迷你窗戶裡一瞧。

車子不在。亞當斯一家肯定出門了。

我躡手躡腳繞到屋後，到陽光迴廊的門那裡。我轉動門把時，盡可能不發出聲響。門鎖上了，窗戶也是。

現在該怎麼辦？我正準備放棄時，看到了那扇老狗門。門很小、超髒，可是它也直接通往陽光迴廊。我手腳著地，把頭探進那塊油膩膩的塑膠板。接著我把肩膀擠進去，這並不簡單。我花了肯定有十分鐘，蠕動不停，才把身體剩下的部位都弄進屋裡。

不過，當我站起身，迎面的就是無人機博士，

坐在跟之前同樣的地方，就像是正在等我。我如釋重負嘆口氣。這會比我原本想得還容易！沒人會知道我差點羞辱了以前的好朋友。

　　我掀開機器人的蓋子，就是錄音機所在的地方，然後滑動主選單，找到隱藏的音軌。有兩個選項——**消除**和**錄音**。我正要按下頭一項時，卡麥隆走了進來。

我立刻僵住不動。「你在這裡幹麼？」我喊道。

「我在這裡幹麼？」他說，「我住這裡！」

「可是你不是出門去參加那個電影晚餐的活動嗎？！」我說。

「我的爸媽逼我留在家裡，因為今天是上學的週間晚上。真正該問的是，你在這裡幹麼？」

「我過來是要——呃——留一張卡片給你。為了那天的事情說對不起。你知道的，像是，道歉。」

卡麥隆的雙眼瞇成細線。

「那卡片在哪裡？」

「嗯，那就是有趣的地方，」我說，「我忘了！」

「你當我是笨蛋嗎？」他說，語氣憤怒，「你以為我也瞎了嗎？你明明想破壞無人機博士！」

「不，小隆，我沒有。我——」

「你想報仇，是吧？」他說，「因為你以為我亂搞你的蠢水機器人！哼，你根本自打嘴巴，因為我並沒有！」

「我知道！所以我才試著要——」

「可是我希望是我弄的！」卡麥隆說，「你跟你的朋友，你們當時臉上的表情！真是太有趣了。

那些魯蛇是你從哪裡找來的？」

小隆爆笑出聲，我再次想起他以前怎麼在我背後說我壞話。我好討厭有人背著別人講壞話。

我按下**錄音**。

「那兩個人叫什麼名字？」卡麥隆說，「松果和甜菊嗎？他們可悲到了極點！比起布魯克林那裡的小孩，這所學校的每個人都是魯蛇。麥克斯和布洛迪那兩個傢伙是有多可悲啊？他們好無聊，我根本分不清他們誰是誰，只除了他們其中一個戴了副笨眼鏡。還有我機器人團隊的那兩個小鬼！蠑螈還不賴，只是她太愛我，很嚇人。還有蠍子，根本是這整個可悲的次等城市裡最差勁的小鬼！那個傢伙的腦袋，就跟做了腦白質切斷術的跳蚤一樣！」

小隆又開始哈哈笑，我按了停止鍵，然後關上無人機博士的蓋子。

「欸，既然你都逮到我了，」我說，起身要離開，「我想，我只能眼巴巴看你用你厲害的機器人，再贏一次。」

「沒錯，就是這樣！」小隆說，「你怎麼進來的，就怎麼出去——鑽過狗門。」

我扭著身子穿過狗門時，對於自己可能做了不該做的事，那種憂慮一股腦兒離開了心頭。

第 50 章

比起我指派給幼貓突擊隊員的課程，我的自我訓練課程激烈許多。我在地下掩體這裡搭建了相當費力的障礙跑道，我反覆沿著跑道衝刺，繞完每次環圈的速度都比前一次更快。過程如下：

1. 連續快速扯爛一顆線球跟兩個紙箱！

2. 站著跳向窗台，半空翻轉，在扶手椅上（或人類身上，如果現場有）軟著陸。

3. 跳起來瞄準、轉翻、出爪猛劃。

4. 防禦趴伏，側飛，垂直越過洗衣籃。

5. 沿牆疾奔、樓梯爬行、翻筋斗、翻滾著陸。

6. 發出狠毒的低嘶嘶嘶嘶嘶嘶嘶嘶嘶！長達十秒鐘。

7. 再來一次。

我的飲食同樣極端。我只喝牛奶（我的能量飲品）和吃生雞蛋，雖然很噁心，但能讓我恢復元氣。我的毛皮閃著前所未有的光澤！當然，除了我的尾巴之外。

可是連那個狀況也有了改善，男孩人類用某種

繃帶裹住它,是人類用來支撐受傷四肢的東西。

　　我准許他這麼做,這樣我尾巴的禿醜就不會再害我分心了。不過,裹了那個東西帶來了出乎意料的好處:它讓我的尾巴變成了強大的棍棒!有如《透過心智遊戲在游擊戰裡更勝一籌》的規則第 489 條所描述的:**將你的不足變成長處**。我的尾巴往這邊或那邊甩,都能造成大肆破壞!我走進廚房,擊破了一個又一個飲用容器。真是太棒了!

　　男孩妖怪放學回家來,驚慌的四下張望。「你做了什麼事?克勞德?你把整個房子都毀了!等媽看到,她一定會發飆!」

　　伏低,猛甩,攻擊!

　　「哎唷!」他說著便把我從他臉上推開,「你有什麼**毛病**啊?」

　　「我接受你的建議──我們都心知肚明,最初是我提的,」我宣布,「我正準備復仇。你要當我的標靶,協助我練習!」

　　「破壞水機器人的是**你**,我想不通我為什麼該幫你!」

　　我壓平耳朵:他竟然發現了真相!「胡扯,」我說,「我沒碰你的武器。」

有如俗話說的：**絕妙的謊言勝過不便的實話。**

「還有，即使是我做的，」我說，「你難道就沒對另一個妖怪的機器人動手腳嗎？」

「可是我跟你又不是敵人！」他說，「我們是**朋友**耶！」

我嘲笑。「要跟你說多少次，我不懂**朋友**的意思！」

男孩嘆口氣，開始清理我那番令人嘆服的破壞。「你幹麼這樣啦？」他說。

我向他解釋說，我挑戰利牙進行「箱子競技」，戰至死亡方休！他一臉驚恐。

「克勞德，我不要你跟另一隻太空小貓決戰。」

我從喉嚨發出低吼。「再不久，就不會有**另一隻**太空小貓了。」

第 51 章

蟲蟲蘋果收成節是艾爾巴中學一年當中最盛大的慶祝會。校內每吋土地都擺了食物推車、農產品展示、嘉年華遊戲、蟲蟲蘋果攤位。所謂的「蟲蟲蘋果」，就是蘋果插在木籤上，外表裹了棕色焦糖，然後有隻蟲子軟糖從裡頭冒出來。看起來真的很噁心。

史提夫當然吃了六個，還有三份棉花糖。他現在正一面吃著一大袋彩豆軟糖，一面看著大號社團準備演奏校歌。

「我不知道我們是來這裡慶祝**糖果**收成的，」雪松對他說，「彩豆軟糖是從哪種植物長出來的？」

「彩豆莖啊，**想也知道**。」史提夫說。

他們也許玩得很愉快，但我一點都沒辦法享受。我太緊張了。我從來沒做過這麼卑鄙的事情。

「別那麼擔心，」雪松說，「你做得很好。」

我跟他們說了我去卡麥隆家，以及我對自己所

做的事猶豫起來。我不是擔心小隆惹上麻煩——這點搞不好會有點逗我開心——我是擔心自己惹上麻煩。還有，所有的孩子聽到他講的關於他們的那些惡劣的話，會怎麼樣？

雪松聳聳肩。「我真的不介意松果這個名字。」她說。

「對啦，可是甜菊是**女生**的名字。」史提夫說。

「其實那是一種植物，」雪松說，「用來代替糖的健康食品。」

史提夫驚恐的張開嘴。「可是糖是**全世界最棒的東西。**」

雪松和史提夫忙著爭論「健康食物」對比「垃圾食物」，我想到我還擔心什麼：克勞德。他真的要跟這個叫利牙的，戰到至死方休嗎？我推測那是他誇大的說法，可是不管那是怎樣的對戰，他都需要更多時間。他目前的模樣真的不適合格鬥。

史提夫用手肘推推我的肋骨。「要開始了！」他說，雙手互搓，「這一定會很棒！」

校長的聲音從擴音器劈啪傳出來。「各位先生

各位女士，請將視線轉向天空，看看艾爾巴中學機器人課的得意之作！」

我們四周的每個人都急切的抬起頭來。首先我聽到螺旋槳的低沉嗡嗡聲，然後我看到了：那架無人機低低飛越攤位，轉了方向並且斜飛，在急救帳棚前方的地上拋下一包 OK 繃。接著警報器開始哀鳴。

人人倒抽一口氣——聽起來好**逼真**——無人機閃著紅燈和白燈時，大家開始鼓掌。

「爲什麼還在播放警笛？」史提夫問。

我查了查手機上的時間。

11：59。

我深吸一口氣。

「還有一分鐘。」我說。

第 52 章

　　我前往敵人的堡壘時，我覺得自己宛如新貓。我在樹上的枝椏間靈活跳躍，爪子不曾碰地。我在利牙院子裡的高聳橡樹上召喚我的敵人。

　　「出來吧，懦夫，不管你在哪裡。」我喊道。

　　我往下俯看，看到他已經備好**戰鬥箱子**。身為收到戰帖的人，這是他的權利。他挑了一個特別小的箱子，也許是為了嘲弄我變大的體型。

　　我不在意。不管怎樣，我都會好好教訓他！

　　「該往上看的時候，噢，胖子，你為何偏偏往地上瞧呢？」

　　我驚訝的發出低嘶。那個可惡的叛徒也選擇從高處枝椏投入戰局。

　　他所知道的一切，都是從我這裡學到的！不過，我留了一手，並未把我知道的一切都教給他。

　　「你準備好了嗎？」我問，「你的下一場小睡會是在地下。」

　　利牙舔舔掌子。「加入我們祖先行列的會是你，不是我，」他說，「也許我會把你埋在你愛不

釋手的那個貓砂盆裡。」

「閒扯夠了，」我說，「我們進箱子去吧。」

我們從原本蹲踞的樹上一躍而下，在草地上對峙。我現在看到，幼貓們正坐在矮棚的尖起屋頂上，好奇的眼神追隨我們的每個動作。

「你先請，」利牙說，「年齡優先於權勢。」

「不不，你先請，」我說，「背信忘義優先於偉大崇高！」

接下來幾分鐘在兇狠的低嘶中度過。

我決定大膽躍入箱子裡，讓談判劃上句點。可是就在我準備這麼做的時候，令人驚嘆的事情發生了。

一道**綠色閃光**劃破了天際！

一架飛行器懸浮在我們上方，輕柔的颼颼作響。它緩緩降下，落在打鬥箱旁邊。

船艙打開，從裡頭出來的……

是澎澎毛！

第 53 章

　　艾爾巴的大多數居民都出席了這場盛大的活動，他們全都站在那裡，嘴巴開開，看著無人機在他們頭上俯衝和急降。校長的嘈雜聲音被蠍子淹沒；蠍子將警笛的聲音越轉越大。

　　娜塔莎老師快步奔來。「太大聲了！」她喊道。

　　「嘿！為什麼警笛聲還在響？」雪松在我耳邊大喊。

　　我不知道——都已經 12：02 了！

　　就在那時，我意識到我並未檢查無人機博士錄音機上的時間。噢，不！萬一沒設在正確的時間，或正確的日期呢？搞不好，隱藏的音軌要到 2525 年才會自動調換！

　　不過，我正在擔心的時候，發生了**沒人**料得到的事。

　　一道綠色閃光照亮整片天空。

　　「**噢噢噢噢噢！**」群眾喧嘩。

　　「嘿，那些傢伙怎麼弄出那個的啊？」我聽到麥克斯嚷嚷。

「因為卡麥隆就是有**那麼酷！**」布洛迪回喊。

這一定跟克勞德有關，可是我還來不及想是什麼之前，警笛聲停了，有個聲音從我們上方的天空轟然響起。

是**卡麥隆**的聲音。

「……**可是這所學校的每個人都是魯蛇。至少，比起布魯克林那裡的小孩……**」

來參加市集的每個人都還仰望著那個邊飛邊說話的無人機。此時，他們全都屏氣凝神。

「……**我是說，麥克斯和布洛迪那兩個傢伙是有多可悲啊？他們好無聊，我根本分不清他們誰是誰，只除了他們其中一個戴了副笨眼鏡。**」

麥克斯一副泫然欲泣的樣子，我覺得好過意不去。

錄音內容正在播放的時候，卡麥隆衝到蠍子那裡，大喊，「把那個給我！把那個給我！」試著從他手中搶走控制器。但蠍子把控制器高舉在頭上。

「我想聽。」他說。

「蠑螈還不賴，只是她太愛我，很嚇人……」

「才沒有！」蠑螈大喊。

「就是有！」蠍子哈哈笑。

「還有蠍子——是這整個可悲的次等城市裡最差勁的小鬼！那個傢伙的腦袋，就跟做了腦白質切斷術的跳蚤一樣！」

蠍子不再笑了。

「那……那不是**真的**。」卡麥隆邊說邊從他身旁退開。

蠍子朝我遞出遙控器。

「拿著，魯蛇。」他說。

蠍子在卡麥隆後頭拔腿狂追的時候，全校爆出了歡呼。

第 54 章

　　我的禱告和夢想！終於**得到了**回應！澎澎毛
回來了！終於！！

　　「喲、喲、喲，」利牙低嘶，「**瞧瞧**誰逃到地
球來了。」

　　可憐的嘍囉從船艙走出來，朝我鬼鬼祟祟走
來，頭垂得低低的。

　　「擔任至高無上領導實在太辛苦了！！澎澎毛
說，「我再也應付不了了！要統治一整個星球的貓，
根本是不可能的事！沒人聽從或遵照指示，沒人對
任何事情或任何人忠誠！你說得對，噢大王陛下！
我沒辦法獨力統治砂盆星，你可以把權杖拿回去，
我只想再當你的副手貓，噢全能的大帝！」

　　我的鬍鬚刺癢，因為再次湧現的自豪──因為
勝利！我就知道我勝利回歸的日子會來到。我轉向
我的幼貓突擊隊。「軍隊們！」我喊道，「跟我來！
讓我們回到砂盆星，你們將在那裡嘗到征服的甜美
滋味！」

　　三花的眼睛閃過惡意和歡喜。她的兄弟們露出

急於追隨我領導的模樣。

「聽到了嗎？利牙？」我說，轉過身去，「澎澎毛回來服侍我了！不是你！**是我**！利牙？**利牙？**」

我掃視院子尋找我的敵人。看到眼前的狀況時，我嚇到下巴都掉下來了。

利牙正要爬進船艙！

「看來家鄉突然開了至高無上領袖的職缺，」利牙呼喚，「這個職位由我接任，再自然也不過。」

我撲向船艙，但利牙扯動懸浮控制器，我的爪子只抓到了空氣。

「你輸了，威斯苛！放棄吧！」利牙咆哮，「你現在是地球貓了，而你會繼續這樣下去。你是……**克勞德**。」

可是突然間，三花從棚子的屋頂撲下來，直接落在太空艙上！她的兩個兄弟迅速仿效她。他們會是我的救贖！他們會制服利牙，將船艙歸還給我！他們爬進去之後……

……艙門關上了。

爆出一陣綠光，令我一時目盲。

他們竟然走了。

眞的走了。

我轉向澎澎毛。

「你難道……要告訴我……你剛剛讓蟲洞**開著沒關？**」我說，「船艙啓動裝置的鑰匙也插著沒拔？」

「唔，我……呃……以爲我們馬上就要回砂盆星，」澎澎毛說，「嗯，在您的指揮下，再次征服它？」

「可是，現在**不可能**發生了，是吧？」我說。

「呃，大概吧。」

「因為現在**利牙**就要征服它，在我突擊隊員的協助下！」

澎澎毛聽著我的話，身子越縮越小。「呣，對，看來是這樣沒錯，」他嗚咽著，「可是，呃，有件事，噢大王？」

「什麼事？你這哭哭啼啼的蠢蛋？」

「您的尾巴怎麼啦？」

我的血液頓時沸騰，有如一千座火山。「你這愚蠢的、鬥雞眼的有腿毛球！我要活剝你的皮！」

我撲上前去，但澎澎毛已經閃開。他的速度總是比表現上看來的要快。不過，等我逮到那個毛茸茸的蠢蛋，我一定要讓他付出代價。噢，我一定會讓他**付出慘痛的代價！**

第 55 章

收成節的那場災難過後，校長要小隆去上語言霸凌的研討課。小隆也必須寫長長的道歉信給雪松、史提夫、麥克斯、布洛迪、蠑螈、蠍子，還有……**我**。

他在星期六早上送信過來，還有一袋總匯貝果，就像我們以前在布魯克林吃的那種。

「謝謝，」我說，對整個情勢覺得有點尷尬，「可是你為什麼要寫信給我？你在錄音裡沒有侮辱到我。」

「我知道，」他說，「可是我對你很壞——不只在艾爾巴這裡，以前在布魯克林也是。我應該要帶你，而不是布朗科‧瓊斯去漫畫展。」

「沒關係，」我說，「我是說，布朗科**真的**很酷。」

小隆聳聳肩。「你知道嗎？我本來也覺得你是很酷的孩子，我是很遜的那個。記得吧？所有的小孩都想跟我來往的時候，感覺實在很棒。可是那都是因為我媽。」

突然間，我覺得自己做了糟糕透頂的事。「抱歉我把你錄下來。」我說。

「抱歉我那樣說你的朋友們。」

我綻放笑容。「不過，蠍子罪有應得就是了。」

小隆微笑，看來我們也許可以再當朋友。

總有一天吧。

跟小隆之間有這樣的結果，我回到家的時候，

心情還滿好的。但克勞德就**不是了**。

「你從來不曾讓我這麼作嘔過，」他咆哮，「你跟你們人類那種『道歉』和『寬恕』的概念。你讓我想嘔出上千個毛球。」

如果克勞德聽起來比平日暴躁，也是情有可原。利牙重新攻克了砂盆星，成功的盛況遠超過克勞德原本的想像。克勞德不斷自我折磨，在某種星際貓族即時新聞應用程式上，追蹤攻占行動的每分每秒。

「克勞德，也許你應該把那個關掉，然後，去稍微折磨一下肥軟虎斑呢？」

他對我哈氣。

最令他不悅的是，利牙真正的力量來源是克勞德自己的小貓突擊隊。他們證明了自己，如他希望的，成了一批悍將。

幾天過後，我聽到地下室傳來奇怪的噪音——我從沒聽過克勞德發出這種聲音。聽起來像是鬣狗吸了氦氣。

我衝到樓下。「你還 OK 嗎？克勞德？」

「OK 嗎？ **OK 嗎**？」克勞德大喊，「我比 OK 還好！噢，真是個歡欣鼓舞的日子！砂盆星那些明

理的貓族推翻了那個背叛成性的可悲壞蛋！他們擺脫了他的暴政，那就表示他們準備要接受我的暴政了！我一定要好好準備。這肯定表示，議會會派員來接我。我──我──」

　　一則新聞閃入宇宙貓族動態消息，讓他分了心。他的喋喋不休立刻轉為驚恐的喘息。

　　對克勞德來說，遺憾的是，推翻利牙的並非砂盆星的眾貓們。而是**特定**的一隻貓，甚至不在砂盆星土生土長。

她，來自地球。

故事 ++

邪惡貓大帝克勞德 2：戰鬥吧，別再耍笨了！

文　強尼‧馬希安諾（Johnny Marciano）
　　艾蜜麗‧切諾韋斯（Emily Chenoweth）
圖　羅伯‧莫梅茲（Robb Mommaerts）
譯　謝靜雯

社　　　長　陳蕙慧
副總編輯　陳怡璇
主　　編　陳怡璇
編輯協力　胡儀芬
美術設計　貓起來工作室
行銷企劃　陳雅雯、余一霞

讀書共和國集團社長　郭重興
發行人兼出版總監　　曾大福

出　　版　木馬文化事業股份有限公司
發　　行　遠足文化事業股份有限公司
地　　址　231 新北市新店區民權路 108-4 號 8 樓
電　　話　02-2218-1417
傳　　真　02-8667-1065
E m a i l　service@bookrep.com.tw
郵撥帳號　19588272 木馬文化事業股份有限公司
客服專線　0800-2210-29

印　　刷　呈靖彩藝有限公司
2022（民 111）年 06 月初版一刷
定　　價　350 元
I S B N　978-626-314-205-3

國家圖書館出版品預行編目 (CIP) 資料

邪惡貓大帝克勞德 2：戰鬥吧，別再耍笨了 !/ 強尼 . 馬希安諾 (Johnny Marciano), 艾蜜麗 . 切
諾韋斯 (Emily Chenoweth) 作 ; 羅伯 . 莫梅茲 (Robb Mommaerts) 繪圖 ; 謝靜雯譯 . -- 初版 .
-- 新北市 : 木馬文化事業股份有限公司出版 : 遠足文化事業股份有限公司發行 , 民 111.06 ,
192 面 ; 15x21 公分 . --（故事 ++）
譯自 : Klawde : evil Alien warlord cat #2
ISBN 978-626-314-205-3(平裝)
874.596　111007489

特別聲明：有關本書中的言論內容，不代表本公司／本集團之立場與意見，文責由作者自行承擔